LA MÉSANGÈRE

LES

PETITS MÉMOIRES DE PARIS

CONTENANT

Quatre Eaux-Fortes originales

PAR

Henri BOUTET

IV

Les Petits Métiers

A PARIS

CHEZ DORBON L'AINÉ, LIBRAIRE

53 ter, Quai des Grands-Augustins

LES PETITS MÉMOIRES

DE

PARIS

IV

Les Petits Métiers

Les Petits Mémoires de Paris seront complets en six volumes

Déjà parus :

I. — Les Coulisses de l'Amour.
II. — Rues et Intérieurs.
III. — Carnet d'un suiveur.
IV. — Les Petits Métiers.

A paraître prochainement :

V. — Les Mille et une Nuits de Paris.
VI. — Toutes les Bohêmes.

Il est tiré de chacun de ces volumes vingt-cinq exemplaires sur Japon des Manufactures impériales, numérotés de 1 à 25, et contenant une double suite des eaux-fortes. — Prix : 10 francs.

J'AI DU VEAU

LA MÉSANGÈRE

LES

PETITS MÉMOIRES

DE

PARIS

CONTENANT

Quatre Eaux-Fortes originales

PAR

Henri BOUTET

IV

Les Petits Métiers

A PARIS

CHEZ DORBON L'AINÉ, LIBRAIRE

53 ter, Quai des Grands-Augustins

MDCCCCIX

NOTE DE L'AUTEUR

Nous disons, autre part, que ce 4e volume des Petits Mémoires de Paris *sur les métiers parisiens ne peut qu'indiquer la place d'une suite de tableaux qui ne pouvaient être oubliés dans l'ensemble de cet ouvrage.*

Le titre de chacun des volumes apporte forcément des sujets qui, sous des apparences assez variées, ne sont autre chose que des métiers. Si le lecteur ne trouve pas certains de ceux qu'il cherche dans ce quatrième volume où leur place devrait être marquée, c'est que l'auteur s'est réservé la faculté de les faire paraître dans les volumes suivants.

Dans l'intérêt de la présentation de ces petites études de mœurs, nous avons cherché une classification qui en rende la lecture plus commode, mais cette classification n'est pas rigoureuse.

Nous préférons donc revenir sur un sujet plutôt que de consentir à une négligence dans le soin que nous mettons à présenter ces études aussi complètes que possible.

Le mot « métier » veut dire un moyen avouable de tirer un parti pécuniaire d'une action, et, vraiment, on se demande ce qui, dans une société comme la nôtre peut bien n'être pas un métier ?

« Les Métiers qui n'en sont pas » *serait un joli titre de volume qui demanderait au moins autant de chapitres que la nomenclature de tous les métiers connus et consacrés...*

I

Ce que sont les Petits Métiers de Paris

Ce quatrième volume des « **Petits Mémoires de Paris** » ne peut être qu'un chapitre de ce qui pourrait être écrit sur les Métiers et les petits Métiers de l'immense fourmilière qu'est Paris.

⁂

Le sujet a sollicité souvent le crayon des artistes et inspiré la plume des littérateurs.

Nos pères étaient friands de ces images et de ces estampes du passé dont la collection est devenue si rare aujourd'hui. En commençant par Abraham Bosse nous trouvons les noms de Saint-Aubin, de Bouchardon, de Duplessi-Bertaux, de Debucourt, de Carle Vernet, etc., qui nous mènent jusqu'aux curieuses images d'Epinal, après avoir passé par le crayon de nombreux artistes qui, sans s'être attachés au sujet d'une façon particulière, ont laissé, dans leurs œuvres des silhouettes intéressantes venues de l'observation de ces petits métiers des rues. Sous ces pièces dont l'intérêt n'est pas toujours de valeur égale, nous retrouvons les noms de Traviès, Gavarni, Maurisset, Pigal, Henry Monnier sans en oublier celui de M. L. Petit, marchand d'estampes, qui s'était fait son propre éditeur en publiant une série de 61 pièces enluminées sur les Petits Métiers de Paris.

*
* *

Nous croyons intéressant de joindre à ce volume quelques reproductions de ces pièces anciennes. Elles mettront dans l'esprit du lecteur mieux que tout ce que nous pourrions dire des petits métiers d'autrefois, et éveiller une comparaison avec ceux que. chaque jour, nous voyons dans les rues.

Les littérateurs se sont aussi intéressés à ces petits sujets si parisiens. Que ce soient des pages littéraires ayant la maîtrise que leur donne Huysmans, ou de primesautières chroniques, ou le désir de documentation qui guide certains auteurs, nous relevons parmi ceux qui s'en sont particulièrement occupés les noms de : Privat d'Anglemont, d'Alfred Delvau, d'Ed. Fournier, de Victor Fournel, de Jules Vallès, de Jean Richepin, de Coffignon, de Ch. Yriarte et de Virmaître, etc..., qui, tous, ont laissé des pages intéressantes sur ce sujet.

Mais le nombre des artistes et des littérateurs qui ont arrêté leur observation ou dépensé leur fantaisie sur ces Petits Métiers serait-il décuplé qu'il resterait encore autant à dire à ceux qui voudraient les suivre.

Il est à noter, toutefois, que, à part quelques exceptions, seuls, les petits métiers des rues ont été exploités. La raison en est simple : aussi obscurs qu'ils soient, ces métiers se manifestent dehors, au vu et au su de tout le monde; ils peuvent être plus ou moins connus ; aucun ne peut être ignoré.

Mais il en est bien d'autres qui s'exercent à l'intérieur des maisons et sous les vieilles tuiles des mansardes. S'il n'y a rien de nouveau à dire sur le ramasseur de mégots, sur le tondeur de chiens et sur les ouvreurs de portières, que de choses ignorées peuvent être révélées par celui qui a fouillé le centre si curieux de la petite industrie de Paris et qui a exploré les milieux où de pauvres gens inventent les moyens les plus ingénieux, les *trucs* les plus inattendus, pour trouver le pain de chaque jour.

Et, ce qu'il y a d'intéressant dans ces recherches, c'est la notation de l'état d'âme particulier que ces métiers développent chez ceux qui les pratiquent. Les uns gardent un tour spécial qui leur crée une sorte d'aristocratie ; d'autres, au contraire, sont imprégnés d'une vulgarité qui les asservit aux plus douteux contacts.

Les modestes croquis de quelques-uns de ces métiers ignorés ne peuvent donc que faire pressentir ce que Paris tient en réserve dans le labyrinthe, insuffisamment exploré, des coulisses du travail.

*
* *

Nous verrons, en passant, ce qui a été vu par d'autres et nous nous y arrêterons seulement si nous avons quelque chose de nouveau à dire. Nous mènerons plutôt nos investigations vers les petites industries que recèlent les impasses et les longues cours des quartiers du Temple et de Ménilmontant.

Nous demanderons à la vieille femme qui vend des poignées de fer à repasser, de nous mener chez elle, près de son « homme » malade qui les confectionne, pendant qu'elle les vend, pour acheter de quoi vivre un jour.

Nous suivrons dans les bois de Verrières ou dans la forêt de Meudon le purotain qui va, le sac au dos, cueillir du mourron, déterrer des fougères, moissonner, aux matins d'avril, les premières pâquerettes, s'approvisionner de brassées d'aubépine... Nous irons le rejoindre chez quelque marchand de vins des portes Brancion ou Malakoff, le voir mettre en petits paquets la provende qui lui a coûté des heures de marche à la belle étoile, dans les bois de Verrières ou autour des étangs de Saclay. Nous nous assoirons à une table voisine, près des guéridons de tôle peinte, sur lesquels il étale sa marchandise. Peu rebelle au verre de vin, nous causerons avec lui pour savoir les mystères de son métier, pour surprendre l'état d'âme toujours différent que vous offrent ces déshérités.

Il n'est pas toujours facile de pénétrer dans ces coulisses du travail où toute une stratégie vous mène. Sous prétexte de voir un logement à louer dont on n'a nul besoin, il faut n'avoir nul souci de faire grimper jusqu'au « cintième » de pauvres vieilles portières asthmatiques auprès desquelles on s'informe de l'adresse du « popiétaire »

afin de donner plus de crédit à votre demande et avoir un supplément d'informations.

Il ne faut pas hésiter à grimper des escaliers où des marches de guingois n'ont plus nul soucis des parallèles ; où, sous des fenêtres à guillotine, la gueule ouverte des plombs vous souffle au nez des odeurs de colle de peau et de soupe au choux ; où, par des portes entrebaillées, traîtreusement, des courants d'air vous assaillent; et, où, à mesure que l'on grimpe, les yeux vous picotent sous la poussée des vapeurs qui s'échappent des endroits discrets, semés sur votre route..... Et ces escaliers paraissent interminables ! ils tournent sans qu'on sache pourquoi !..... deviennent plus rapides sans raison ; s'apaisent pour pénétrer dans des endroits obs curs ; virevoltent d'une façon inattendue, autour d'un palier, et vous mènent en haut, laissant à votre esprit l'idée d'un architecte qui a été préoccupé de varier la monotonie des ascensions.

On arrive enfin ! et l'art de la diplomatie commence, car il faut rester le plus de temps possible dans le logement qu'on ne veut pas louer; prendre avec sa canne la hauteur du plafond; demander si on a le soleil l'après-midi; si les murs ne sont pas humides, etc., un tas de bribes de conversation doivent prolonger la visite pour arriver à découvrir ce que fait une pauvre femme assise devant un pot à colle et des morceaux de carton; paraître s'intéresser au travail d'un estropié qui râtisse des bouts de bois, inventorier les mille choses qui font partie des petits métiers en chambre et dont, seuls peuvent avoir idée, ceux qui se sont livrés à ces longues et patientes explorations.

***

D'autres fois, on va directement au but : renseigné par quelqu'un qui vous a donné l'adresse d'un ouvrier qui pratique un métier inconnu. Mais, la plupart de ces pauvres gens ont bien cure d'un livre par les Petits métiers de Paris ! En outre ! chaque atelier a ses secrets, et, pour arriver à

Le Marchand de Vinaigre
par Abraham Bosse

quelques confidences et à un peu de confiance ensuite, pour atteindre le moment où on se livre à vous, il faut user de ruses et de moyens de corruption qui ne doivent pas en avoir l'air : un cigare au patron, un compliment à la bourgeoise, quelques sous aux apprentis, sont choses nécessaires. Ce qu'il y a de bon, c'est qu'une fois la conquête faite, elle est complète : on est de la maison; on trinque ensemble et on devient : « le monsieur qui écrit ».

Oui, braves gens! et qui écrit pour dire vos peines, pour conter aux autres votre vie de labeur, pour marquer dans l'échelle sociale la place qu'il est bon de vous faire. Elle en vaut bien d'autres! et, si vous avez des défauts — car vous en avez — il faut leur accorder plus d'indulgence qu'à ceux des autres. Car, s'il m'est resté quelque chose qui me rapproche de vous, c'est que vous n'êtes pas méchants et qu'on fait de vous ce qu'on veut; ce qui veut dire, hélas! que vous vous livrez aux beaux parleurs et que vous accordez bien plus votre confiance à ceux qui vous promettent des cigares qu'à ceux qui vous en donnent.

∴

Il est deux sortes de Petits métiers. Ceux qui sont autant profitables que d'autres à ceux qui les pratiquent, et ceux qui ne sont qu'un moyen de ne pas crever de faim pour les pauvres diables que la vie a rejetés de ses marges ; gens de toutes sortes : coupables quelquefois de n'avoir pas suivi la ligne droite et d'avoir déambulé partout où leurs appétits les menaient ; mais il est aussi : les faibles, les inconscients, les incapables. Tout ce lot de ratés et d'incomplets qui est le déchet qu'on retrouve aux bords d'une humanité qui charrie tout ce que la vie lui apporte, entraînant les uns vers la clarté des larges horizons, laissant les autres dans la nuit, improductifs et inertes, rejetés dans la vase de ses rives désolées.

Nous avons bien vu, bien observé les deux classes différentes des *Petits Métiers de Paris*. Dans un voyage qui serait aussi long que de faire le tour du monde, il y a matière à un ouvrage important qui n'a jamais été fait. Le sujet n'a jamais été qu'effleuré et nous n'irons guère plus loin que nos devanciers.

Aucune classe sociale ne contient des éléments aussi disparates et des états d'âmes aussi mystérieux et aussi difficiles à décrire.

Ils contiennent tous ces petits métiers : des besoins d'indépendance et des ferments de révolte; des rêves stériles d'inventeur, des attentes problématiques d'une situation ou l'espoir d'héritage, des inconsciences d'utopistes et des paresses qui s'entretiennent dans une vie qui n'est canalisée par aucune obligation.

De tous ces éléments se forme la genèse qui les crée. L'affaissement moral qui engourdit les volontés est la cause qui les conserve à l'état endémique dans la classe des déshérités et des malmenés du sort où ils se développent.

⁂

Ceux qui s'exercent dans les endroits

cachés des faubourgs ont une autre origine et pourraient être classés sous le titre de : *La Bohème de l'Industrie.* Ceux-là sont les produits qui poussent entre les pavés de Paris. C'est la flore qu'on ne trouve qu'au fond des cours et dans les réduits habités par ces ruches laborieuses et indisciplinées où se trouve peut-être la synthèse la plus concrète de l'âme de Paris. Ceux qui les pratiquent naissent, vivent et meurent dans l'atmosphère de ces petits ateliers réduits souvent à l'unique pièce où on travaille, où on mange et où on dort. Nous avons vu des gens nés là-dedans et continuant le métier de leurs pères. Une tradition, un atavisme, auquel ils n'ont pas le souci d'échapper, les conserve dans ces milieux curieux où, si souvent, nous sommes allés les relancer.

Ils sont libres, indépendants, sans maître ! Ne leur parlez ni de l'esclavage de l'usine, ni des heures de détention derrière un comptoir, ni de quoi que ce soit qui les tienne en laisse, ils vous répondraient :

« J'aime mieux ma mie, o gué ! ». Autrefois, on les trouvait toujours au premier rang pour faire des barricades, au temps où on faisait des barricades, ce qui était un acte glorieux qui créait des héros, faisait vibrer l'âme des poètes... et prêtait à la lithographie.

C'est un art démodé maintenant et qui ne serait pratiqué ni par des bourgeois, ni par des élèves de polytechnique, ni par des députés, et mon ouvrier de faubourg, s'il « descend dans la rue », n'y descend plus du tout pour enlever les pavés.

Ils vivent, en tas, avec la femme et les gosses et, quelquefois les vieux, au hasard de jours. On n'espère rien et on ne redoute rien ! On vit là, supportant les chômages, faisant tête aux *coups de colliers* en travaillant nuit et jour et en donnant les mêmes soins aux vaches maigres qu'aux vaches grasses ; insouciants, gais toujours, mangeant quelquefois en un dimanche le gain de la semaine autour d'une oie aux marrons, d'une escouade de litres et d'un trois-six avec lequel on fait des brûlots. Et, le lendemain les ramène tous au *turbin* réparateur.

∴

Cette classe sociale est vraiment saine et intéressante. Ni l'homme, ni la femme n'y sont gâtés par le contact des ateliers. Si les émanations des comptoirs de marchand de vins n'y montent pas trop, si les discours qui se préparent devant le zinc et les toxiques y pénètrent peu, ce sont des intérieurs comme ceux que nous ont laissés les peintres de l'école flamande. On y vit encore comme il y a cent ans dans ces pauvres logis où la vieille lampe, le soir, éclaire le labeur commun, et, seul, le grand fils, employé rue du Sentier, dans le commerce des tissus, vient avec les journaux de sport à la main, marquer l'empreinte des sévices du progrès dans ces humbles réduits où on travaille comme autrefois y travaillaient nos pères.

II

Les Métiers de la Rue

Le sujet a été très exploité et ne peut être présenté que s'il apporte un aspect différent de ceux qui ont été décrits.

Nous ne parlerons donc du ramasseur de mégots que pour dire que le commerce des tabacs aromatisés de l'haleine des hautes classes et imprégnés de salives humectant les restes de havane, ne se pratique plus ouvertement, ni à la place Maubert, ni sous le Petit Pont, qui étaient autrefois le marché des mégottiers. Ce commerce est devenu illicite; mais, comme les choses illicites existent comme les autres, il se pratique autrement voilà tout. Au lieu de faire sécher les mégots, sous les ponts on les fait sécher dans des greniers, pour les besoins d'une clientèle qui est toujours la même et que les intéressés continuent à satisfaire. Les endroits où on ramasse les mégots sont toujours les mêmes : terrasses de café, péristyles de théatre, etc. Quand nous aurons signalé les portes cochères de la rue de la Paix où, à l'heure des déjeuners, les gens du monde chassent la modiste et la couturière, nous n'aurons plus rien à dire qui n'ait déjà été dit sur les mégottiers.

Les ouvreurs de portières sont les mêmes que sous Louis-Philippe et la différence d'ouvrir la portière d'une automobile au lieu de fermer celle d'un fiacre n'est pas suffisante pour modifier les usages de la profession.

Le Bagottier *l'homme qui court derrière les voitures à bagages qu'il piste à l'arrivée des trains pour les suivre jusqu'à destination ne nous apprendra rien, non plus ; nous savons que, même si on n'a pas besoin de lui, parce qu'on n'a qu'une valise et qu'on demeure au rez-de-chaussée, on est soumis aux mêmes invectives que la sagesse commande d'arrêter en donnant vingt sous.*

UN COMMISSIONNAIRE
par Aug. de Saint-Aubin

Les Camelots

Ils sont légion. Semés un peu partout, mais surtout sur les boulevards et sur les grandes voies, la rue est leur terrain d'opération et leur habileté consiste, à l'aide d'un boniment persuasif, de figures tracées à la craie ou au fusain, sur le bitume, à former le cercle de flaneurs sur lequel ils opèrent pendant que, de chaque côté, des compères guettent. A la moindre figure suspecte, sur un signe convenu, la marchandise est enfouie dans les poches ou bien la toile qui la contient et qui est bordée d'une coulisse se relève et tout le monde file... y compris les badauds.

Les camelots vendent de tout : porte-monnaies, jouets d'enfants, bijouterie fausse, jumelles, etc., tous les déchets de fabrication des faillites, des liquidations et des choses... achetées à la *foire d'empoigne,* deviennent pour eux matière à négoce et le boniment qui est manié par un bagout sans pareil, varie suivant les quartiers, et la nature de la marchandise attire vite le client et le persuade.

D'autres opèrent ouvertement et vendent des plans de Paris, des listes de numéros gagnants, des journaux, des cartes postales, des peignes à moustache, etc.

Une autre catégorie cherche la clientèle aux terrasses de café et vendent des montres en nickel, des pipes en écume, de la bijouterie en doublé, des petits chiens cravatés d'un ruban rose, des rasoirs ou des couteaux à vingt-cinq lames.

D'autres encore opèrent en solitaire, suivent et harcèlent le passant, s'agrafent aux têtes de province et aux pardessus de Brésiliens pour leur offrir *Gamiani,* des cartes transparentes et des photographies qu'ils proposent de vous montrer sous des portes cochères.

Aux alentours des Squares et des Jardins publics, ce sont les marchands de sucre d'orge, de chaussons aux pommes, de ballons rouges, de nougat, de balles en caoutchouc et de cerfs-volants, etc., etc.

Dans les faubourgs, ce sont les marchands de lacets, de crayons et de carnets de blanchisseuse.

Je ne voudrais pas jeter de discrédit sur une profession exercée par près de dix mille individus ; mais il faut reconnaître que le recrutement de ces chevaliers du bitume, leurs relations, leurs mœurs se réclament plus des commissariats de police et des maisons de détention que des intérieurs de famille, où le grand fils embrasse encore papa et maman avant de se coucher.

Camelot, qui vient de camelote, indique une qualité inférieure aussi bien pour la marchandise que pour celui qui la débite. Cette vie de la rue, ce contact permanent avec un monde peu scrupuleux, cette nécessité professionnelle de mettre dedans l'acheteur bénévole, crée une ambiance qui mène les camelots plus près de la correctionnelle que de l'atelier. Si quelques-uns échappent aux dangers d'une pareille profession, ils deviennent banquiers ou boockmaker.

Les Petits Pantins

Le camelot doit être un chercheur s'ingéniant à apporter à la badauderie parisienne une nouveauté qui peut se passer d'être intéressante à la condition qu'elle amuse et qu'elle surprenne. La collection des objets débités par les camelots, mériterait une vitrine au musée Carnavalet.

Le truc est ingénieux et ne durera qu'un jour, car il appelle promptement le *débinage du truc* et, alors ! adieu le commerce.

Sur un trottoir, près d'un arbre, d'un bec de gaz ou le long d'un mur, un homme a devant lui, deux petits pantins qui dansent, qui s'arrêtent quand on leur commande de le faire, qui repartent quand on les y invite, qui obéissent, en un mot, à la voix et au geste, sans qu'on n'y comprenne rien.

Le passant est surpris, émerveillé, impatient d'offrir à son gosse ce jouet amusant, remis sous enveloppe avec l'explication du *truc* qui est vendu seulement vingt centimes.

Je me suis laissé prendre comme les autres,

ou plutôt, j'ai acheté ce jouet primitif pour savoir le pourquoi d'un truc auquel je m'étais laissé prendre.

Ce jouet, qui doit bien revenir à 2 centimes comme fabrication, est un assemblage de cinq petits morceaux de bois brut un peu plus gros qu'une allumette et réunis par des fils afin de former un personnage ayant deux bras, deux jambes, une tête qui est représentée par un petit tampon d'ouate roulé au morceau de bois qui forme le tronc

A la base de ce tronc est attaché de chaque côté un fil de soie, gris, couleur du pavé, invisible. Deux compères qui ont l'air de curieux sont placés de chaque côté et le fil de soie qui part du tronc du pantin est attaché à leur soulier. Ils n'ont donc qu'à remuer la jambe pour faire obéir le pantin aux ordres du marchand. C'est d'une simplicité antique! on est surpris : quatre sous n'est pas le diable et on achète.

Certains marchands ont supprimé les compères et attachent l'extrémité d'un des fils à un arbre ou à un bec de gaz, l'autre à leur soulier. Ils en sont quitte pour ne pas changer de place en débitant leur marchandise, voilà tout.

Cartes Transparentes

Pour peu que vous ayez l'air d'un homme de Buenos-Ayres ou d'un habitant de Montélimard égaré sur nos boulevards, si vous vous arrêtez à la devanture d'une boutique, vous êtes vite la proie d'un personnage qui vient vous offrir des cartes transparentes : *Les trente-deux positions pour faire l'amour.*

Le sujet est d'autant plus tentant, qu'ordinairement on est mal documenté sur les variétés d'un pareil exercice.

L'homme tient le jeu de cartes dans le creux de sa main et vous montre une image suggestive qui invite les gens les moins curieux à voir la collection.

Un compère qui guette près du marchand si quelque figure suspecte n'est pas dans le voisinage, assure le plus de tranquillité possible à un genre de commerce où il y a des aléas. Les prix sont variables suivant la coupe du pardessus ou l'incandescence de la prunelle du client.

En outre ces..... commerçants, plutôt joyeux, sont bourrés d'une documentation qu'ils communiquent — moyennant finance — aux personnes impatientes de mettre à profit le précieux enseignement que le jeu de cartes leur apporte.

Ce commerce est lucratif, il n'est pas exercé par des gens qui ont une notion bien haute de la morale publique. L'un d'eux, que j'interrogeais, me livra un peu ses secrets. Devant quelques observations que je me risquais à lui faire, il me répondit :

— Ah ! Monsieur, s'il fallait juger le plus ou moins de moralité d'un commerce, je vous assure que nous ne pèserions pas lourd à côté de bien d'autres qui sont ou autorisés ou seulement tolérés. On tombe toujours sur les petits, parce que c'est plus

facile, parce que ça ne dérange pas des gens qui ont des capitaux ou des places. Mais, allez, si chacun était touché en rapport du mal qu'il fait, nous pourrions être tranquilles, nous serions parmi les derniers appelés.....

Et je quittai cet homme, restant un peu ébranlé par son discours.....

Violoniste

Il était pâle, jeune, l'air attristé, vêtu proprement; son air ne disait pas la misère des irréductibles Bohèmes. Il entra dans cette cour par ce jour de brouillard de décembre où la vie semblait sommeiller sous un voile d'ennui. Il posa à terre sa boîte à voilon, retira de sa poche son mouchoir très propre et, penchant sa tête sur l'instrument, la main droite tenant l'archet, il fit sortir des plaintes et des sanglots de ce violon de pauvre.

C'était un artiste qui avait ses classes et

qui était réduit, pour nourrir une femme et des enfants, à exercer son art sur le pavé des cours.

Oh! comme cette âme, secouée par la douleur, savait tirer des sanglots dans l'harmonie de ce jour si triste... Oh! ces âmes qui souffrent, comme elles savent faire couler les larmes qui consolent! Oh! magique puissance de l'art! Plus que des orchestres, plus que les magnificences des décors, plus que l'éclat des grands talents, comme vous savez émouvoir davantage, parce que la véritable émotion ne va pas des artifices de la scène aux gens qui ont bien dîné. Elle vient, au hasard, de n'importe où, tenant par des liens secrets aux douleurs et aux souffrances des autres en une communion qui soude celui qui traduit ces émotions, parce qu'il les ressent, à ceux à qui il les donne dans sa misère, dans sa déchéance d'artiste, qui cherche la bouchée de pain des siens, dans cette cour, noyé dans le brouillard et dans le jour lugubre où son violon laisse couler toutes les larmes de son âme

L'Aveugle et le Paralytique

Je me plais à reconnaître la valeur des ouvrages sur Paris de M. Coffignon. — Je croyais avoir découvert dans cette île Saint-Louis, que j'habitai longtemps, cet aveugle et cet homme à la jambe de bois qui s'étaient associés pour trouver leur pauvre existence en faisant une loterie quotidienne dans l'île St-Louis — M. Coffignon en a parlé avant moi — Je les ai connus l'un et l'autre, cependant, et j'ai suivi leur petite trouvaille commerciale ; je peux en parler à mon tour et marquer dans les *petits Mémoires de Paris* une place pittoresque à laquelle les personnages et le vieux quartier où ils déambulaient prêtent une allure du XVIIIe siècle qui aurait pu trouver des interprètes avec Duplessi-Bertaux ou Debucourt.

Si je parle de cette loterie de l'île St-Louis, quand l'aveugle et l'homme à la jambe de bois sont disparus, c'est que cette loterie existe encore : un autre a pris leur place et continue les traditions qu'ils avaient créées.

J'ai vu l'autre jour le panier que le successeur promène le matin pour placer les billets ; il contient tous les éléments d'un repas complet : une boîte de sardines à l'huîle ou une botte de radis, un poulet ou un gigot, un choux-fleur ou des haricots verts, un fromage et des gâteaux secs.

L'homme à la loterie place, avant midi, ses 150 ou 200 billets à deux sous. Le numéro gagnant est extrait loyalement chez un marchand de vins, par une petite main de fillette du quartier, d'une corbeille qui contient les numéros du jour, marqués de façon à ce qu'ils ne puissent plus servir le lendemain. Et le bonhomme recommence son voyage dans les rues, son panier convoité sous le bras, et chasse dans ce vieux quartier l'heureux numéro gagnant.

Cette scène garde une allure des temps passés qui vous éloigne tellement des choses de la vie actuelle qu'on s'y complaît à plaisir, comme si on plongeait dans un vieux livre vous racontant les mœurs de nos pères.

On voit le tableau d'interieur où la femme

qui revient de chercher sa fillette à l'école apprend en route qu'elle est la gagnante d'un dîner inespéré, qu'elle va préparer avant que le mari, camionneur ou plombier, rentre le soir, exténué, ne pensant pas du tout qu'il va s'asseoir devant un gigot avec toute sa marmaille, en compagnie du vieux voisin à qui on aura dit de venir « manger un morceau » pour qu'un plus pauvre qu'eux ait une part de l'aubaine.

Teu... neaux... Teu... neaux !

La petite gargotte où mangent quelques sculpteurs du quartier, fait le coin d'un carrefour de province où aboutissent de longues rues tristes.

Une petite salle est réservée aux habitués ; une, plus grande, s'emplit, aux heures de repas du matin, de la clientèle des ouvriers d'usine et des imprimeurs du quartier. D'heure en heure, suivant les habitudes de chaque profession, cette salle ne se désemplit que pour s'emplir à nouveau.

Dans le silence de ce carrefour, ouaté par le brouillard d'une journée d'octobre, une voix de basse, sourde et triste, s'entend au dehors : *Teu... Neaux... Teu... Neaux... Teu... Neaux...* Un long haquet, chargé de futailles, s'arrête devant la porte. Deux hommes, le père et le fils, entrent et prennent place à une table, près du vitrage, afin de surveiller leur équipage. Ce sont des clients accidentels, mais familiers de la maison.

Le patron s'approche.

— Comment va, père Julien ?

— Mais, pas mal.

— Et l'fiston, il pousse dru ?

— Ah ! la, la !... S'il pousse !... J'dirai pas comme la mauvaise herbe, car c'est tout le contraire... Une vraie fille... Il est autant foutu d'faire c'métier-là, que, moi, je suis fait pour être pape. R'gardez-moi comme c'est bâti et si c'est pas taillé pour *gerber* comme pas un... Mais c'est timide comme une chèvre!... Vous n'croiriez pas que j'peux pas encore le faire *chanter,* et il a une voix qu'il va chercher jusque dans ses souliers... Ça n'boit pas; et vous savez, dans la futaille, faut avoir le gosier sec... Ça entraîne aux affaires. C'est le métier qui veut ça! J'peux pourtant pas l'fout' dans la magistrature, c'est pas un faignant... Ah! malheur! moi, à son âge!...

Et le grand gaillard, tout rose, tout blond, tout craintif, regardait le vieux d'un air tranquille... ne disait rien, mais se fourrait dans le bec de formidables morceaux de pain qu'il engloutissait comme dans la bouche d'un four.

— Ça ne fume même pas, dit le vieux, en pompant ferme un cigare d'un sou qu'il cherchait à allumer... Ça sait pas encore comment les femmes y sont faites. Ah! bon Dieu de bon Dieu... Donnez-nous donc un marc, patron...

— Non, moi, j'veux pus rien, père.

— Ah! t'es pas fait pour faire lever l'soleil, toi... Allons, viens-nous-en... On va encore *chanter* un peu, avant que t'ailles te mettre sous les cottes de ta mère... Ah ! malheur !

. . . .

S'attelant à la bricole, le... fiston, d'un vigoureux coup d'épaule, démarra le haquet... Les tonneaux s'ébranlèrent, puis reprirent leur aplomb... Le haquet, au loin, se perdit dans le brouillard qui augmentait ; le vieux, entre deux bouffées arrachées aux poutres du cigare rebelle, suivait l'équipage, jetant son appel sourd et mélancolique qui se perdait au loin dans les rues de ce quartier tranquille : *Teu... Neaux... Teu... Neaux... Teu... Neaux...*

« *J'ai du Veau !...* »

Le marchand s'était fait une spécialité de l'alimentation qui découle du veau.

Il a une façon d'émettre les sons qui donne envie de se précipiter sur les avertis-

Le Crocheteur
par Bouchardon

seurs d'incendie. On dirait qu'il crie : « au feu » quand son appel sonore, rebondissant sur le pavé, pénètre dans le fond des cours et fait trembler les vitres des fenêtres, comme au passage d'une voiture de laitier.

— *J'ai du mou de veau, j'ai du foie de veau, j'ai des pieds de veau, j'ai de la tête de veau*. Je ne sais plus quels abattis ou quels viscères allongent la nomenclature des morceaux de veau qui emplissent le lourd panier que, gaillardement, il porte sur l'épaule, promenant au lointain des carrefours toutes ses boustifailles couvertes de la serviette blanche qui festonne son panier.

Cet homme a la passion du veau, certes ! Jamais, mais jamais, il ne vend autre chose. Et voilà vingt ans que, de la chaussée du Maine à la barrière d'Italie, il promène du veau sur son épaule !

Il a ses jours pour chaque quartier et pour chaque rue ; on l'attend, on le guette. Sa voix retentissante s'engouffre dans les cages d'escalier, pêche les ménagères dans les cabanons des maisons d'ouvriers ; arrache les bonnes de bourgeois à l'astiquage des cuisines brillantes, pompe dans les arrière-boutiques, la clientèle des marchandes de journaux. Tout ce monde se retrouve en tas sur le trottoir, autour des chairs flasques et blanchâtres, qui s'affalent les unes sur les autres dans le panier de cet apologiste du veau.

— *J'ai de la fraise de veau ; j'ai du ris de veau.* Et le panier sur l'épaule, il repart égrenant, jusqu'au prochain arrêt, toute la litanie de ses tripailles de veau.

Bouju

Bouju vend du petit bois pour allumer des poêles. Ce sont des copeaux très gros détachés de madriers employés aux travaux de charronnerie des constructeurs de voitures.

Bouju égrène volontiers le chapelet des professions qu'il a exercées : cinq ans tanneur; six ans au chemin de fer ; dix ans concierge; huit ans dans une verrerie, etc., et sans compter... ses études en médecine?

En additionnant tout cela on trouverait que Bouju a cent ans. Mais il faut le laisser faire, et, surtout, ne pas lui dire que son bois n'est pas sec. « Voilà trois mois qu'il est sous mon hangar ». Son hangar ! Il prend son bois à mesure des demandes, le met dans des sacs et le transporte sur une carriole que *Marie,* son ânesse traîne. Mais, pour donner du lustre à son commerce, il veut laisser croire qu'il a... un hangar !

Bouju est un philosophe. Il ne se plaint jamais. Il a une pauvre fille phtisique qu'il soigne. « Si j'avais pas fait des études en médecine, dit-il, il y a longtemps que je ne l'aurais plus. » Il croit à un tas de choses et vous en conte auxquelles il ne croit pas. Mais c'est un brave homme. Il le dit, d'ailleurs, et ajoute : « Demandez à la Butte-aux Cailles. Vous verrez si on ne me connaît pas ? » Un jour il ne viendra plus. Sur quelque lit d'hôpital il finira une vie qu'il acceptait, avec une résignation très douce et qu'il agrémentait de temps en temps de quelques petits verres.

Le Balayeur

Quand vous voyez un homme qui, le matin, dans la rue, promène son balai de bouleau sur le trottoir pour amener dans le ruisseau des cosses de marron, des prospectus de dentiste et des feuilles de salade, qu'un autre balai de bouleau, manié par un autre homme, ramène ensuite pour se faire happer par la bouche d'égout voisine, dites-vous bien que cette profession qui peut vous sembler inférieure est guettée par quarante ou cinquante mille gens qui la sollicitent.

Mon Dieu! Tout le monde ne peut pas être agent de change, peintre d'histoire ou politicien. Et le désir de tant de gens, qui pourraient être boulangers ou porteurs de contrainte, allant vers le maniement du balai de bouleau ne me surprend pas.

J'ai suivi dès l'aube le va et vient de ce balai sur l'asphalte. Je n'ai pas vu de gens plus gais que les balayeurs ! Ils se réunissent en tas, à certains endroits, où un chef vient constater leur présence.

Puis, ils partent, leur grosse clé pendue à la taille..... Et c'est un échange sur le temps qu'il fait avec l'homme qui éteint les becs de gaz. Un bonjour aux deux sergents de ville qui terminent leur ronde. Une causette avec le garçon mastroquet qui ouvre sa boutique; puis, c'est la porteuse de pain à qui on dit une petite blague grassouillette et le camionneur des halles avec qui on prend un verre.

On rencontre tous les jours les mêmes gens sur le trajet matinal que le balai de bouleau poursuit, du coin de l'avenue jusqu'au bureau de tramways, pour remonter ensuite jusqu'à la station de fiacres voisine. Ce sont des douaniers qui vont à leur poterne continuer leur nuit de sommeil sur des chaises; puis, des porteurs de journaux, de vieilles femmes qui reviennent d'ensevelir des morts ou de soigner des femmes en couches; des cochers d'omnibus, la pipe aux dents et le « perpignan » à la main, et c'est un autre verre au coin du boulevard avec un garçon boulanger. Puis quand la rue s'anime du mouvement de tous ces hommes et femmes qui vont à l'usine ou au sombre atelier où l'asphyxie les guette, le gai balayeur est toujours là, en plein air, maniant joyeusement son balai de bouleau jusqu'à l'heure où, dans les gargottes de maçon, il va prendre chez une mère Machin quelconque, la formidable platée de choux qu'arrose un vin gris du pays qui n'a pas été fait pour le bec des bourgeois.

Un graveur

Je l'ai vu installé au *Marché pouilleux* — le marché de Bicêtre — près d'un ruisseau, avec une petite table, un pliant, des morceaux de métal et quelques fioles.

Il grave des plaques pour les charettes

de maraîchers et pour les bicyclettes, pour des colliers de chiens et pour les gens qui veulent avoir leur nom cloué sur leur porte.

Devant lui, on attend l'exécution de sa commande ; j'ajouterai que, quand je l'ai vu, plusieurs clients l'entouraient, attendant leur tour, comme à un guichet de bureau de poste.

Les opérations de la gravure sont simplifiées par une habileté rare. Il a, rangé sur sa table, différents modèles et différentes façons de plaques ; on n'a qu'à choisir, et, immédiatement il attaque sa besogne.

Sur une lampe à alcool, il chauffe légèrement sa plaque qu'il nettoie et qu'il passe au blanc d'espagne ; puis, avec un pinceau qu'il trempe dans un vernis, à lui, sans doute, car il est d'une solidité à toute épreuve, il dessine le nom et l'adresse du client, entoure le tout d'un motif de décoration qui varie suivant l'importance et l'arrangement des lettres, fait ensuite légèrement chauffer sa plaque qu'il tient dans une pince — puis, la mettant au-dessus du ruisseau, il verse deux ou trois fois sur son morceau de métal de l'acide chlorydrique, puisque, généralement, les plaques sont en zinc.

Le vernis résiste à l'action de l'acide et tout ce qui n'a pas été touché se creuse. Il verse, là-dessus, quelques gouttes d'alcool, qui dissout et enlève le vernis, prend un chiffon gras qui salit les fonds, prend un tampon garni de blanc d'Espagne et astique les parties saillantes. — Je suis resté une heure près de lui; il lui faut dix minutes pour cette opération et il demande quinze sous pour les plus petites plaques.

C'est un graveur tout comme un prix de Rome est graveur si on n'ajoute pas de qualificatif à la profession; et il doit gagner, en un mois, ce que le prix de Rome ne gagne pas en une année.

– Ah! Monsieur, me disait-il, si j'avais inventé le truc plus tôt, j'aurais des rentes! Pensez donc que j'fais tous les marchés de la banlieue... C'est à cinquante ans que j'aurai commencé à bien gagner ma vie.....

LE RÉMOULEUR
par Poisson

Les Porteurs de la Garantie.

Promenez-vous vers onze heures, sur le Pont-Neuf et regardez passer les gens qui vont de la rive droite à la rive gauche. De la façon la plus régulière et la plus certaine vous en verrez passer deux ou trois qui ont, emmanchés sur l'épaule, un sac bleu ou vert, et vous croirez à quelque brocanteur qui transporte chez lui la maigre défroque de frusques et de vieux souliers achetés chez une veuve ou chez un pauvre diable qui ne peut pas payer son terme.

Vous vous tromperiez ; et, si on vous le disait, vous imagineriez quelque autre chose ; vieux bouquins, livraisons chez un épicier d'une maigre marchandise — Eh bien ! les sacs valent plusieurs mille francs. — Ils contiennent des objets précieux en or, vous m'entendez bien, qui s'emplissent de boîtes dont les angles font saillie sous la toile verte des sacs ? Et ce n'est pas une unité que contiennent ces boîtes, mais les mêmes objets en or, répétés par douzaines et par centaines.

Les gens qui portent sur leur dos ce précieux fardeaux que tout le monde ignore sont des *porteurs de la garantie.*

Les orfèvres, bijoutiers, joailliers doivent envoyer toutes les pièces de leur fabrication au bureau de Garantie qui est rue Guénégaud, dans les bâtiments de la Monnaie. Ces pièces sont *essayées ;* et, si le titre est reconnu conforme à la loi, elles sont revêtues des poinçons qui les garantit.

Les fabricants des quartiers du Palais-Royal ou du Temple, au lieu d'envoyer un apprenti qui passerait la journée rue Guénégaud, confient à des intermédiaires qui séjournent jusqu'à 11 heures comme une marchande de lait sous une simple porte cochère ces boîtes qui contiennent les objets à faire contrôler, et les gens qui ont des sacs sur l'épaule les portent et les attendent pour les remettre, le soir de 3 à 6 heures, aux bijoutiers leurs clients qui leur remettent une souche mentionnant les droits qu'ils ont eu à payer.

Et, voilà un métier parisien bien peu connu!

III

Les métiers en chambre

Ceux-là sont légion et prêteraient à une formidable documentation sur l'ingéniosité, l'adresse et la technique professionnelle de ceux qui les exercent.

On peut dire qu'il en nait tous les jours de nouveaux : La mode, les usages, l'incessante transformation des objets usuels, les besoins de nouveautés du commerce de la bimbeloterie, les exigences des camelots, imposent à ces merveilleux artisans de faubourg, une recherche constante de nouveautés. A part certaines choses classiques — et elles sont rares — qui n'ont pas changées depuis cent ans, tout ce monde de pro-

ducteurs modestes a toujours le cerveau en gésine pour en créer d'autres.

Vous les voyez dans les rues de Belleville ou de Ménilmontant, devant le comptoir d'étain où ils causent avec le copain rencontré, sortir de leurs poches des petits riens qu'ils montrent, qu'ils dissèquent, indiquant toutes les ingéniosités qu'ils ont dû demander au découpage, à la façon de les ajuster et de les vernir, pour en obtenir un prix de revient qui déconcerte.

J'ai chez moi, une « automobile » que j'ai achetée un sou, *rue de Vanves, dans une mercerie et qui est un véritable chef-d'œuvre d'ingéniosité. Je me demande, quelquefois, si celles qui nous écrasent dans les rues ont demandé une dépense d'intelligence supérieure ce qu'il en a fallu pour confectionner ce petit rien de jouet d'enfant que j'ai plaisir à tenir dans mes doigts et à manier comme un ivoire Japonais.*

De tant de petites choses semblables vient le génie de Paris; et quand, où ces choses pourront être fouillées patiemment par un observateur attentif, elles tiendront plus de place dans la vie intellectuelle de Paris que tout le maquillage qui traîne dans les feuilles publiques au profit des besoins du bluff et de toutes les réclames.

La « Ponce ».

Si vous passez à midi dans le quartier du Temple, vous verrez le curieux spectacle de la sortie des ateliers.

La rue s'emplit en un instant. De toutes les portes cochères et des allées où on a peine à passer à deux, c'est un flot de gens qui déborde : hommes en cotte, en bourgeron, en blouses noires, en pantalons de soldat, femmes en sarrau, en tabliers, en longues blouses maculées de taches de vernis ou de colle de peau. Tout le monde se bouscule et se presse, pénètre dans les petites gargottes, s'engouffre dans les établissements de bouillon, assaille les petites échoppes où se débitent des pommes de terre frites, des moules et des merlans frits. Dans le mouvement endiablé de cette foule qui grouille comme des fourmis en déroute, vous pourrez remarquer, dans la diversité des costumes qui s'y montrent, quelques femmes en longs sarraux, rouges du haut en bas comme des cardinaux : ce sont les polisseuses, « les ponces ». Elles polissent les bijoux et le rouge d'Angleterre qu'elles emploient les rougit à tel point, qu'elles sont obligées de s'envelopper la tête dans des madras pour préserver leurs cheveux.

Nous ne les suivrons pas dans les grands ateliers où, souvent, elles sont nombreuses autour de l'établi de bijouterie évidé en demi-cercle pour marquer la place de chaque ouvrière.

Nous pénètrerons chez une polisseuse à façon, travaillant chez elle avec une ouvrière et une apprentie, dans une petite chambre du sixième de la rue Volta.

C'est le soir en décembre au moment de la poussée du jour de l'an qui oblige à veiller tard.

Nous entrons — la fenêtre est au fond en face de nous, — l'établi fixé dans le mur par des pattes est soutenu par de gros pieds carrés, pour qu'il ne bouge pas dans le mouvement imposé par le polissage. Une femme est devant nous, de dos, une autre, puis l'apprentie, de chaque côté. Au milieu de la table une lampe et devant chaque ouvrière, un *bocal* sur un pied; un bocal comme un bocal à poisson rouge, rempli d'eau verdie par du sulfate de cuivre; ce bocal qui reçoit la lumière projette une lueur vive sur la cheville où l'ouvrière polit ses bijoux.

Sur l'établi des pots remplis de tripoli, de ponce en poudre, de rouge à polir, de brosses, d'écheveaux de chanvre, de buffles, de morceaux de bois, de liège, de moelle de sureau, représentant les outils à polir; une burette à l'huile, des pinces, de petites chevilles en bois et d'un tas de petits objets appropriés à chaque besogne sont là, qui traînent.

Sur l'établi, des bijoux en or, bagues, médaillons, châtelaines, boutons d'oreille. Des milliers de francs sont étalés, là, devant ces femmes qui peuvent avoir besoin d'une paire de bottines et jamais on n'a entendu dire que l'une d'elles se soit approprié quelque chose. Le poêle ronfle à côté, une chanson monte dans le maigre réduit : « On ne meurt pas d'amour » c'est la patronne qui chante, et l'apprentie, à son tour, égrenne la « Ronde des asticots », qu'elle a entendue dans une revue de Ba-ta-clan.

Les Cigarettes

Qu'on ne puisse fabriquer du papier timbré, des timbres-poste ou même des allumettes qu'il ne serait pas difficile de fabriquer meilleures que celles de la régie, cela se conçoit; mais on comprend moins qu'acheter du tabac, en faire des cigarettes et les vendre, soit un commerce illicite, passible d'amende et de prison.

Un député de mes amis m'adressa un jour une pauvre femme, veuve d'un officier; très bien, très digne ; elle vendait des cigarettes et elle avait une clientèle de fonctionnaires et de littérateurs qui suffisait à la faire vivre.

Je n'ai pas besoin de dire que ses cigarettes, où on ne trouvait pas de copeaux et qui étaient privées du concours de la poussière, étaient excellentes. Elle les vendait

MODES

par boîtes de 500, c'est-à-dire vingt-cinq paquets de vingt cigarettes, petits paquets entourés de papier vert, que deux petits caoutchoucs retenaient.

Elle m'en apporta une boîte et je lui demandai son adresse pour lui dire de passer chez moi au besoin sans mentionner de quoi il s'agirait; elle comprendrait qu'il me faudrait une autre boîte.

— C'est inutile, me dit-elle, je repasserai.

— Mais il est plus simple, répondis-je, que vous ne vous dérangiez pas inutilement et que je vous écrive.

— Non, je préfère repasser, si vous n'en avez pas besoin vous me direz, à peu près, quand je pourrai revenir.

Je compris qu'elle ne voulait pas donner son adresse et je n'insistai pas autrement.

Pendant longtemps, elle m'apportait, toutes les semaines, une boîte de cigarettes. Elle était grande, mince, paraissant une cinquantaine d'années, la figure triste, presque douloureuse et ne disant jamais rien. Elle ne remettait ses boîtes qu'à moi-même ; je l'ai vue cent fois, jamais elle ne m'a dit un mot, à tel point qu'elle me rendait muet et que je n'osais rien lui dire non plus.

Un jour, je ne la revis plus. Mon ami étant retourné dans la province, je ne connaissais personne à qui demander de ses nouvelles. Demeurait-elle aux Batignolles ou à la Glacière ? Je n'ai jamais, jamais rien su de cette pauvre femme silencieuse.

Les petits Moulins à Vent

L'homme est mécanicien et gagne une bonne journée, mais il a six *gosses* dont un seul commence à gagner sa vie, et la vie est dure tout de même dans la maison, où la ménagère ne peut rien faire autre chose que de cuisiner et blanchir le linge de tout le monde en élevant la marmaille.

Il a fallu trouver quelque chose, et, le soir on fabrique de ces petits moulins qu'on achète deux sous sur les fortifications ou aux Buttes-Chaumont pour les mioches qui sucent encore leurs doigts. C'est une tige de bois mince au bout de laquelle des petits ailerons de papiers de couleur, montés sur une épingle qui forme pivot, tournent à tous les vents.

La fabrication en est simple : après avoir sinon dîné, tout au moins mangé la soupe, tout le monde se met à la besogne jusqu'à dix heures: le père préside au montage, les grandes fillettes plient les ailes en papier, une autre les pique sur le pivot avec une épingle, la mère vérifie et classe ensuite la marchandise qu'on empile dans des paniers de blanchisseuse.

Le samedi soir, l'approvisionnement est au complet. On a consulté dans le journal les probabilités atmosphériques et tout le monde se couche.

Le dimanche matin, quatre paniers sont préparés : un pour le père, un pour la mère, un pour la grande fillette et un pour l'aîné qui est margeur dans une imprimerie.

On déjeune tôt, et, à midi, chacun va prendre possession de son poste dans des endroits différents.

Le soir, vers sept heures, tout le monde *rapplique* et si le soleil s'est montré, chacun en rapporte un rayon dans le pauvre logis, là-bas, à Charonne, rue Saint-Blaise.

La bourgeoise, rentrée plus tôt, fait un plat de plus, et, chez le pâtissier, on achète des brioches. Si c'est la pluie, on rapporte les pauvres petits moulins perdus ; on n'a rien vendu et l'espoir du pauvre gain est parti.

Ces résignés recommencent l'autre semaine avec les mêmes espoirs qui les mènent quelquefois à la joie suprême d'un dîner dehors, chez le bistro, à la nuit tombante, quand Paris mêle ses lumières à la nuée d'étoiles.

Et, c'est l'heure où les pauvres gens trouvent l'apaisement des soucis de la veille et l'espoir des joies du lendemain.

Le Culotteur de pipes.

Certains marchands de tabac vendent aux amateurs des pipes culottées soit en terre, soit en écume de mer.

Ces pipes sont achetées généralement par des gens qui vont au café et qui jouent à la manille, car avoir une pipe bien culottée est un succès pour eux. — Ils en parlent d'avance disant que, tant qu'elle ne sera pas *prise,* la pipe ne doit pas sortir de chez eux, parce qu'un courant d'air peut la faire *monter*. — Et, un jour, ils arrivent au café, tout fiers de montrer la pipe — écume ou terre —... qu'ils ont achetée la veille.

Cette vanité de fumeur a créé le métier de culotteur de pipes. — La plupart sont des gens à qui on donne un paquet de cinquante centimes pour une pipe en terre culottée, — mais, d'autres, à qui on confie une pipe en écume de vingt-cinq francs, se sont bel et bien créé un métier, d'ailleurs peu encombré, avec le culottage des pipes ; il est vrai qu'ils y ajoutent le profit de menues réparations : nettoyage, passage à la cire, remplacement d'une virole, etc...

— Mais enfin, disais-je à l'un d'eux, rencontré autrefois chez un marchand de tabac qui était à même, par une relation à la manufacture, d'avoir des cigares très secs, comment faites-vous ? Car, quand bien même vous seriez arrivé à fumer la nuit en dormant, vous ne pourriez jamais culotter tant de pipes. — D'abord, me dit-il, j'ai mon fils et mon gendre qui pompent ferme le caporal ; puis, moi, qui tout vieux que je suis, leur rend encore des points, mais cela n'est rien, j'ai inventé une machine aspirante : je n'ai qu'à bourrer la pipe, et ajouter au galumet un tuyau de caoutchouc, tirer deux ou trois bouffées, et ça marche tout seul. Et c'est culotté au tabac, j'achête, à des *mégottiers*, les mégots premier choix, ceux qui viennent des havanes..., fournissent un tabac meilleur que celui de la régie... Et il voulut absolument me donner un peu de son tabac.

Le père Lesieur

Le père Lesieur était un vieux charbonnier des Vosges qui fabriquait des charbons de bijoutiers : ce sont des carrés de plâtre qui enserrent des morceaux de charbons, réunis et égalisés, sur lesquels les bijoutiers fixent les pièces qu'ils ont à souder ensemble.

Ces *charbons* tirent leur qualité de la nature de certains bois et de leur degré de sécheresse. Il ne faut pas qu'ils *pétillent* sous la flamme du chalumeau ce qui dérangerait les paillons de soudure et ferait sauter le travail si patient de l'ouvrier.

La femme était brunisseuse dans une cristallerie ; tous les deux, étaient venus à Paris, la femme pour prendre le métier plus lucratif de brunisseuse en bijoux ; lui, aidé par un camarade, avait appris le métier peu connu où il gagnait bien sa vie.

Et ces deux vieux vivaient là, rue des Gravilliers, heureux et tranquilles, travaillant sans cesse, ignorant la gêne n'ayant ni le souci des mioches, ni les ennuis de famille, ne connaissant de la vie de Paris autre chose que le square du Temple où ils allaient quelquefois, le soir, après dîner, et, où, assis sur un banc, le vieux fumait sa pipe. Puis, de temps en temps, ils allaient manger un morceau de veau chez le compatriote, marchand de vins, rue de l'Orillon, qui les avait fait venir à Paris. Installés dans cette grande boutique, encombrée de tonneaux, ils passaient, là, de bonnes heures avec les pays qui s'y réunissaient, le dimanche pour manger de la charcuterie arrosée d'uu petit vin gris de Bar-le-Duc.

Un praticien

Le hasard m'avait mis en face de X... à la table d'une petite gargotte du boulevard de Vaugirard.

Nous nous étions perdu de vue, un peu.

Tu sais, me dit-il, que je suis un des

LE MARCHAND DE FOURNEAUX
par Petit

rares hommes du midi qui ne soit pas ministre, académicien ou membre de quelques blagues quelconques, dans lesquelles tout le monde *coupe*, excepté moi.... et toi...., tu veux bien permettre.....?

En ce qui me concerne, ajouta-t-il, tu n'ignores pas, qu'étant né à Toulouse, il m'était loisible de cultiver aussi bien le *si* bémol que la fabrication en terre glaise d'allégories ou de bustes officiels destinés aux salles de mairie ou aux squares départementaux.

J'ai préféré faire de — la *pratique* et manger d'une façon incertaine un bœuf aux choux — celui que je mange devant toi pour garder comme fortune : 1° ma pipe ; 2° le droit de dire « mon cœur » quand il me plaît de le dire et à qui que ce soit — car, tous les lascars de mon pays je les connais, tu le penses bien — j'en tutoie beaucoup à qui je ne demanderais pas une cigarette. Ils sont, il faut l'avouer — très rigolos — je ne trouve pas d'autre mot. Ils ne sont pas méchants. Oh ! non ! Ils ne pourraient l'être..... les *pôvres*..... Ils ne sont rien ; si tu les connaissais comme je les connais : qu'ils soient ministres, fabricants de cantates, ou, attelés à d'autres inutiles besognes — tu en poufferais de rire, — car il faut être juste avec eux, ils ne sont pas faits pour faire pleurer et, malgré tout, je les admire.....

Comme conclusion, ajouta-t-il, quoique ne jamais conclure soit une des formes de la sagesse, je t'offre un mazagran pour causer une minute de plus et t'apprendre que, né à Toulouse, mon père était breton, mais que ma mère est née rue des Gravilliers..... Alors, tu comprends, je ne suis pas complètement du Midi.

« Autrement..... je serais de l'Institut ou ministre..... comme les *ôtres* ».

Au lieu d'être du Midi qui *bouze* je suis du Midi qui ne *bouze* pas et plutôt que d'accoucher de bustes de sénateurs pour des concours agricoles je me contente de ratisser ceux, que font les autres. J'aime mieux ça ! A la tienne!

IV

Échoppes et petites boutiques

Combien ces petites boutiques de faubourg où se vendent de la mercerie, des journaux, de la bimbeloterie cachent de pauvres vies de misère !

Le petit rétameur dont la porte se garnit chaque jour de poêlons et de casseroles à rafistoler, gagne largement sa vie; le savetier, chante en cousant ses empeignes et en battant ses semelles; le rempailleur de chaises joint à son industrie la vente de maigres bibelots et vit paisiblement, et tout ce monde de travailleurs est gai et bon enfant.

Autrement, sont ces pauvres petites boutiques de 3 à 400 francs de loyer où une vieille dame met ses lunettes pour donner un paquet d'aiguilles ou une pelote de coton à repriser, où une maigre femme en deuil fait choisir des cartes postales à un fantassin en permission, où un vieux qui a des béquilles, se lève péni-

blement et plonge ses doigts tremblants dans un bocal d'où il extrait des sucres d'orge pour un gamin qui lui tend un sou.

Ces petites boutiques sont des refuges de misère. Des gens que l'infortune a poursuivis s'y réfugient. Des vieux à qui il reste quelques sous s'y abritent, et, souvent une pauvre femme restée veuve avec trois enfants et son vieux père, cherche là, la maigre pitance de chaque jour.

Ce sont de vrais réduits de misères cachées et de souffrances supportées vaillamment, la plupart du temps par des gens ruinés en province et qui viennent à Paris pour s'éloigner du lieu où ils n'ont pas réussi en cherchant à refaire une vie manquée, dans le mirage qu'exerce Paris sur les imaginations de province

Dans les quartiers isolés, les faubourgs surtout, se trouvent ces petites boutiques de misère dont le nombre est considérable. Alimentées par le commerce des journaux, trompées par le va-et-vient de gens qui entrent pour y laisser un ou deux sous, l'apparence prête à ce qu'on les croie productives. Il n'en est rien, perdues dans des endroits malsains, accrochées à des maisons lamentables on est plus sûr d'y mourir que d'y vivre.

Le Marchand de Marrons

En octobre, le marchand de marrons prenait possession du petit coin séparé par un vitrage de la boutique du marchand de vin, où, depuis vingt ans, il arrivait avec des sacs de marrons, sa face rougeaude mangée par la barbe, et sa bonne humeur.

Il s'installait en prenant son temps, tranquillement, comme un esprit logique qui accomplit une fonction.

Il retrouvait et mettait en place toutes ses affaires : son soufflet, son vieux quinquet fumeux dont la lueur jaune orange dorait la cosse bitumeuse de ses marrons.

Toute une vie de vingt hivernages était enserrée, là, au même coin, avec les mêmes objets : la tablette au fond, établie sur une banquette sous laquelle il mettait son charbon ; son vieil escabeau capitonné de sacs pliés ; un petit placard de rien qui fermait à clef et où il rangeait sans doute quelques objets plus précieux que les autres. Il retrouvait, là, toutes ses vieilles et chères habitudes, tous les gens du quartier qui le connaissaient. La fille du boucher mariée ; la petite mercière que son mari, courtier d'assurance, avait lâchée ; l'épicier qui parlait de se retirer. Puis, le soir, parmi les clients, quelques petites bonnes de l'année dernière, le vieux monsieur de la maison d'en face, une fillette qu'il avait connue enfant et qui, maintenant, était presque bonne à marier. Un petit ménage d'étudiant, etc... Tout cela s'augmentant de la propre clientèle du marchand de vins, d'un tas de gens auxquels il serrait la main, qui lui demandaient des nouvelles du pays, de son fils, soldat, qui était venu le voir, l'année dernière, à Noël.

Ce sage, à barbe hirsute, ignorait tout ce qu'on doit ignorer si on veut être heureux.

Il savait que l'année prochaine, après tant d'hivers passés à Paris, au coin de sa boutique, il resterait dans son village pour y vivre la vie des sages..., qui est celle des simples et des ignorants.

Pommes de Terre Frites

Midi, quartier du Temple. — Les portes jettent dehors aux heures de déjeuner tout le monde des ateliers et des comptoirs : — bijoutiers et graveurs en blouses noires, — polisseuses, — *les ponces*, comme on les appelle, en longs sarraux rouges, les cheveux serrés, dans un foulard mis coquettement pour protéger la chevelure des poussières du rouge à polir ; — cartonnières en blouses longues, semblables à des chemises, sous lesquelles les formes s'accusent et la poitrine saille ; — ouvriers en veste de coutil, en serpillière, en tabliers courts comme des pagnes, s'engouffrent dans les bouillons et les petits restaurants d'alentour.

C'est l'heure du coup de feu pour la friturière ; comme des copeaux dorés, la pyramide de frites s'étage sur l'égouttoir, les cornets de papier jaune se succèdent, attrapés au vol par les petites mains qui les guettent ; petites mains maigriottes sentant la colle de peau et le vernis, occupées chez les gainiers et les doreurs du quartier. D'autres, déformées par le maniement de la poignée du découpoir ou par le manche de la scie à repercer, petites mains que le travail nourrit à peine.

Tout ce petit monde d'apprenties est joyeux, insouciant du lendemain, perdu dans le formidable rouage qui les entraîne pour les broyer ensuite.

La friture bouillonne attendant l'or pâle de la tombée de pommes de terre coupées en petites rondelles minces, précipitées dans la graisse fumante, dans un crépitement de piaillement d'oiseaux. On fait la queue; chacun prend son tour, les arpettes agrémentant de la dernière chanson de la rue, le mot nouveau à la mode, la longueur de l'attente se corrige, et tout le monde file près du poêle, à l'atelier, avec les deux sous de pain et le triangle de brie qui complète le déjeuner.

La *frite* est le grain de millet de ces volières de moineaux francs que sont les ateliers du grand Paris qui travaille.

Le Rétameur
par Traviès

La petite Mercerie

Tout en haut de Vaugirard dans une rue bordée de maigres arbres, entre un boulanger et un brocanteur, la petite boutique peinte en blanc sale, inscrit son titre sur son bandeau : *Mercerie* et sur les carreaux, en lettres noires : *Papeterie* et *Journaux*. Dans la vitrine ce sont de petits chaussons de laine pour les bébés, avec des cordons d'attache où pendent des glands ; des cols de fillettes avec des festons ; des savons et des peignes d'écaille, des cravates de limousins à carreaux vert et rouge, des brassières : des étuis, des boîtes de fil.

Des rangées de cartes postales s'installent devant les illustrés à un sou et les journaux de mode pendus à des ficelles, derrière les vitres, un écriteau : Leçon de piano à un franc.

La boutique n'est guère plus grande que l'intérieur d'un tramway. Un petit comptoir est à gauche, encombré de quelques bocaux où sont des sucres d'orge en torsades trico lores, des boules de gomme saupoudrées de givre, des morceaux de réglisse en forme de bateau, des tablettes de chocolat enfermées dans des papiers d'étain, toute la gourmandise des pauvres gosses à qui on a donné un sou.

Une pauvre vieille est, là, réfugiée dans ce maigre réduit pour y terminer un calvaire de misères. Toute en noir du dernier deuil de la fille qui lui restait, elle vit dans ces quelques mètres carrés, allant de ses pauvres pas tremblants à l'arrière-boutique où graillonne quelque ragoût sur un poêle de fonte, où un pauvre lit attend dans un coin ses heures de nuit sans sommeil, jusqu'au petit jour où, déjà, il faut qu'elle se lève pour recevoir les premiers porteurs de journaux. Résignée, elle use, là, une fin de vie dont elle compte les jours, se demandant quelquefois le pourquoi inconnu des choses ; cherchant sans haine les dessous de l'impénétrable mystère qui crée les souffrances pour les uns et des joies pour les autres.

Un Savetier

Le savetier a été chanté en vers et en prose. Dans son échoppe, Corneille s'est assis, attendant qu'on lui raccommode son soulier, et le savetier de La Fontaine rendit bien vite ses " Cent écus " au financier pour retrouver " Ses chansons et son somme ".

La rue du nôtre est bordée d'un côté par le chemin de fer de Ceinture; la voie, protégée par de petits potagers et par une bordure de lilas qui surplombe le mur de pierre, la pare des panaches de fumée grise jetée en l'air en glouglous rapides par les hoquets de la locomotive qui s'enfuit, s'encadre sous la voûte du pont et se perd, au loin, entraînant les wagons qui, dans la perspective rigide des rails rapprochés en un long triangle, paraissent devenir de minuscules jouets d'enfants.

La maison d'un étage au pignon de plâtre est séparée du trottoir par une allée d'un mètre, bordée d'une clôture de lattes vertes. Des caisses, des pots de fleurs, quelques tonnelets que garnissent des fusains, des géraniums et de maigres lauriers mettent la note de leurs verts crus et de leurs taches roses devant la porte et les fenêtres du savetier.

« Blanchisserie » s'inscrit en lettres rouge brique sur la fenêtre de gauche. La porte du milieu, au travers ses vitres, laisse voir, le soir, aux lumières, l'éclairage chaud et ouaté d'un intérieur Flamand. La fenêtre de droite toujours ouverte, porte sur une des persiennes un tableau où une bottine à élastique se détache sur le fond d'un carton qui fut blanc et sur lequel se lit en lettres sans prétentions : Ressemelages et réparations de chaussures.

Les trois pièces basses, aux solives fumeuses, aux murs tapissés d'un papier à six sous le rouleau aux bouquets de roses enserrés dans des losanges, sont ornées de la variété d'images qu'apporte aux rues de Paris l'apparition du roman à sensation ou du fait divers que l'hebdomadaire transcrit, en couleurs saignantes et en gestes dramatiques, pour l'éducation des foules : accidents de chemin de fer, portraits de reines, morceaux de chair humaine que, précipitamment, le héros du crime sensationnel loge dans une malle comme des tranches de porc salé ; enfants qu'un pompier hardi arrache aux flammes, voisinent dans le tumulte de leurs couleurs et dans la variété de leur composition.

Dans ces trois pièces, toute une famille turbine, pialle, gueule, dort, mange et boit, mêlant tous les éléments de leur vie dans une hyperbolique orchestration de gestes et de bruits qui s'enchevêtrent, s'associent, se disjoignent, se reprennent au hasard des événements et de l'imprévu des choses.

Le père, chef d'orchestre de la nichée de sept gosses. Compagnon solide au poste de la ménagère qui fourbit, épluche, savonne, allonge des taloches, tisonne la mécanique, assure les soins de la pâtée, gueule à pleins poumons du matin au soir en battant son cuir et en tendant son tire-pied, des chansons de Pierre Dupont ou de Nadaud :

« Repose-toi c'est dimanche. »

Il n'est pas rebelle aux airs de ténor :

« Vogue ma nacelle »

Il emplit la rue tranquille d'une voix mâle et robuste qui s'échappe de la fenêtre comme une hymne à la nature, comme un chant biblique qui se parfume au printemps, dans les lilas en fleurs, pour monter comme une prière, là-haut, tout en haut, dans les grands nuages qui passent et se perdre dans le mystère des choses, proclamant la vie intense, affirmant la force et la grandeur du chef de tribu perdu dans les laideurs et les ignominies d'un temps qui sait détruire tout, mais qui ne touchera pas à l'âme pure ni aux mains nobles et caleuses de mon savetier qui chante et gueule son Pierre Dupont et son Nadaud :

« Dieu d'harmonie et de bonté »

à côté de la fille aînée qui repasse son linge et du dernier « *grouillot* » qui joue à ses pieds avec de vieilles semelles.

Le Peintre d'Enseignes

Son atelier est au fond d'une cour de Grenelle, qui avait été, autrefois, la cour d'une auberge où des rouliers avaient un relais; deux voûtes au fond, marquent la place des écuries où, maintenant, on remise des voitures à bras. Cet atelier est un appentis vitré sur le devant, et adossé au mur où des anneaux pour attacher les chevaux se voient encore. C'est une unique pièce qui coûte 120 fr. de loyer. Une grande table, un chevalet, deux ou trois chaises ou tabourets... un poêle forment toute l'installation; quelques affiches, deux ou trois tableaux annonces, un mètre et des équerres accrochés, un compas de sculpteur, quelques feuilles de papier superposées, des pots et une boîte à couleur, une boîte de conserve qui contient les pinceaux sur la table..... C'est tout, et cela ne vaut pas cinquante francs.

Quand je le vis, mon peintre s'excrimait à un *Changement de propriétaire* sur une bande de calicot. Il me dit : « Vous n'êtes pas un client et je peux vous dire que j'ai un bon métier. J'*écosse* mes vingt francs par jour bon an mal an, et, si vous voyez mon atelier misérable, c'est qu'il faut qu'il soit comme ça. Je suis dans un quartier pauvre et je parais prendre meilleur marché que les autres. Je ne me dérange jamais ; on vient, je suis connu. Ma clientèle : ce sont les *troquets* qui changent souvent de propriétaire, les *liquidations*, les locations d'appartements, les tableaux pour les épiciers qui donnent des primes. Les *Poule au gibier*, des pancartes pour les tailleurs et les pharmaciens ; maintenant j'ai deux cafés-concerts et trois cinémas qui renouvellent leur affiche tous les huit jours.

Ça biche, dit-il fièrement. Je suis garçon, je demeure à côté avec ma vieille mère et je me paie le luxe d'un jardin aux *fortifs* où j'ai une cabane où *la mère* a installé une cuisine où on mange et qui est assez grande pour que je puisse, par les beaux jours, y turbiner un peu ... et... et..., ajouta-t-il, non seulement j'ai quelques mille francs devant moi, mais j'ai encore mieux que ça : c'est que jamais il ne me viendra à l'idée de m'établir, de faire le *costeau* et de marcher dans le grand... y a pas de danger. »

Photographies

Entrez dans les petites boutiques de photographies où l'on vend des portraits de monarques, de ténors et de femmes de lettres. Asseyez-vous tranquillement en demandant qu'on vous montre une collection de portraits de femmes. Feuilletez avec soin les cartes. Arrêtez-vous sur les femmes décolletées ou en maillot et dites, après avoir tout vu :

— Vous n'avez pas autre chose?

Alors, si rien en vous ne décèle un agent de la police des mœurs, si vous avez l'air d'un bon bourgeois ou d'un magistrat, on vous répondra :

— Si, Monsieur, nous avons une collection de sujets galants, mais nous ne pouvons pas vous la montrer ici. Si Monsieur voulait passer dans l'arrière-boutique ?...

L'arrière-boutique, c'est le « Musée secret » ; on vous y montrera tout ce qui est fait pour ne pas être vu.

Souvent, c'est une autre dame qui fait défiler devant vous la collection qui se compose de photographies d'après nature et d'aquarelles qui peuvent aussi, être d'après nature, mais qui n'en ont pas l'air. Elles sont fabriquées par des gens qui ignorent l'anatomie, mais qui sont très au courant des détails qui peuvent intéresser le client.

La dame aimable qui vous montre tout cela pèse sur votre épaule ; dans le rapprochement des chaises sa jambe touche la vôtre, des maladresses... habiles font que les mains se rejoignent.....

On y montre aussi des objets divers : japonaiseries, terre cuite, petits bronzes, etc... et, pour ne pas avoir dérangé inutilement la marchande, si rien ne vous convient, il vous est très facile de prendre autre chose que ce que vous avez demandé.

“ Le Premier de ces Messieurs ”

Le premier de ces messieurs replie son journal, soulève son séant d'une chaise près du poêle pour le replacer entre les bras du fauteuil au dos à crémaillère, en face de la glace et des pots de pommade, il livre alors sa caboche aux mains gluantes du Merlan.

Ils sont trois le dimanche dans cette petite boutique de rue ouvrière, à manipuler la face et le ciboulot de gens qui peuvent s'offrir la fastueuse dépense d'un récurage hebdomadaire.

La barbe ne coûte que trois sous et la taille de cheveux trente centimes ; à l'extérieur, un écriteau prévient que la taille de cheveux pour les enfants, est de vingt centimes en semaine et de trente centimes le dimanche ; pour douze sous on a le grand jeu : friction, champoing et frisure de moustaches.

Le samedi, jusqu'après minuit, l'astiquage des crânes et le ratissage des cuirs se poursuit ; et, le dimanche vers les 7 heures, le tas de serviettes amoncellées dans un coin, derrière le comptoir, indique l'importance du nettoyage.

Ce sont toujours les mêmes gens qui ont recours aux soins donnés par ce Figaro de faubourg. Bien rarement, un inconnu se présente. Ces gens, d'ailleurs, ouvriers, petits boutiquiers du quartier le connaissent tous. Seules, les périodes de terme amènent de nouvelles figures et laissent quelques vides parmi l'ancienne clientèle.

La boutique est petite et les chaises amenées de tous les coins du logis sont éparses le long des murs où des tableaux de parfumeurs sollicitent la patience du client. Ce sont des réclames pour des frictions hygiéniques, des teintures inoffensives et des pommades qui arrêtent la chute des cheveux.

Tous ces produits sont livrés aux méditations esthétiques de lithographes, qui traduisent, pour le régal des yeux, des compositions empruntées à la mythologie et dont les couleurs paraissent être faites avec la pommade et des onguents qu'ils recommandent. La boutique recèle quelques cadres qui n'empruntent pas leur raison d'être aux nécessités professionnelles, tels : une photographie d'un portrait de l'impératrice; le départ des hirondelles, par Comte Calix; une scène de barbier de village où un ramoneur s'ébaubit en voyant mousser le savon sur la face d'un octogénaire.

Quelques cadres montrent un garde national sur un bastion pendant le siège, ou un chien caniche qu'une fillette frisotte ce qui indique qu'un héritage de famille les a apportées là, ou qu'un brocanteur du quartier a été mis à sac afin d'augmenter l'aspect décoratif de l'établissement.

V

Les Métiers de Hasard

Ces métiers variés sont souvent livrés à la fantaisie d'irréductibles bohêmes.

Aussi peu cotée que soit la profession accidentelle qu'ils exercent, il sied de ne les envisager que comme des comparses joyeux du mouvement de nos rues.

Trimardeurs de cafés où ils vendent n'importe quoi. Camelots installés dans les rues qu'on perce, sur de petites tables pliantes où ils débitent des noix dorées qui contiennent une bonne aventure, où ils vendent des remèdes pour les cors, ou des pâtes dentifrices. Ceux-là passent d'un métier à l'autre au hasard des circonstances et suivant l'état de la température.

On les trouve partout vendant une chose

ou une autre. Ils n'exercent pas de métiers et s'ils sont camelots aujourd'hui, ils auront trouvé demain un truc *nouveau à exploiter. Ce sont les irréguliers à l'affût de ce que le mouvement des rues peut apporter à l'exercice des facultés merveilleuses qui leur permettent de s'assimiler n'importe quelle besogne productive.*

Il est dans ces métiers de hasard des solitaires qu'on ne voit nulle part qui ne se répandent dans aucun endroit connu. Ils fabriquent chez eux des choses qui n'ont pas de nom, qui paraissent n'avoir aucune destination et qu'ils débitent à des gens spéciaux; d'autres ont des fonctions déconcertantes qui leur donnent vingt ou quarante sous par jour.

Ils veillent les morts, gardent les chiens et les serins des gens qui vont en voyage, font des courses, mettent du vin en bouteilles, etc. Les irréguliers ne sont pas des misérables, ils sont toujours appuyés sur quelques petites rentrées régulières, maigres retraites, secours venus d'un parent aisé. Ce sont des irréguliers qui meurent très âgés entourés des soins de voisins compatissants.

Modèles d'artistes

Cette profession suffirait à faire un volume des plus intéressants tant la variété en est grande, les origines différentes, et les scènes de coulisses amusantes à raconter.

Les v eux modèles transteverins des ateliers d'autrefois disparaissent de jour en jour. Les besoins de l'art moderne les ont laissés dans les brumes de la peinture d'école et dans les souvenirs du romantisme.

Ces familles, depuis la vieille ou le vieux septuagénaire jusqu'au *grouillot* de trois ou quatre ans, en passant par la jeune fille, le gas robuste et la matrone, ne servent plus guère qu'aux concours de l'École des Beaux-Arts et aux scènes mythologiques employées à la décoration des casinos ?

La tradition se perd ; les modèles se recrutent un peu partout, surtout parmi les femmes, et l'art de Montmartre a apporté un élément nouveau aux besoins de l'artiste.

Des journaux spéciaux se sont créés, les scènes de théâtres, les bals, les hors-d'œuvre des restaurants de nuit, les cartes postales, ont habitué l'élément féminin à se montrer nu aussi facilement qu'habillé; d'autant que les modes actuelles nous font voir dans la rue des femmes qui sont plus nues que si elles étaient en chemise. L'artiste n'est donc nullement étonné d'entendre frapper à sa porte et d'y trouver une petite femme avec laquelle s'établit ce dialogue :

— Vous n'avez pas besoin de modèle ?

— Entrez. Où avez-vous posé ?

— Je n'ai encore posé nulle part ; c'est la fruitière du coin qui m'a donné votre adresse...

— C'est bien, déshabillez-vous, mon enfant. Je ne peux rien vous dire si je ne vous vois pas.

Et la petite femme se dévêt en demandant seulement si elle peut garder ses bottines.

Un moment viendra où la profession disparaîtra complètement et où l'artiste pourra demander ce léger service à la bonne qui le sert au restaurant ou à la femme d'un de ses amis.

Si les ateliers des Couture, des Drolling, des Delaroche, des David d'Angers revivaient, les bras des statues en tomberaient et les *Aspasie* et les *Femmes adultères* n'en reviendraient pas. L'Art a changé et l'outillage aussi.

L'Engraissage

Il y a des métiers ignorés : il n'y en a pas d'inconnus.

Un objet passant de celui qui le fabrique à celui qui le vend, et de celui qui le vend à celui qui l'achète, révèle des mystères insoupçonnés dans ce passage d'une main à d'autres.

Le sertisseur enchâsse des pierres précieuses dans des bijoux : bagues, boutons d'oreilles, colliers, etc. L'habileté du sertisseur consiste à donner à ces pierres : diamants, émeraudes, rubis, etc., le plus d'apparence possible. Un diamant mal *monté* paraît moins gros qu'un diamant *bien monté*. De là, l'origine de l'*engraissage*.

Le sertisseur, qui pratique l'*engraissage*, achète donc de petits diamants.

Il y a trois qualités dans le diamant : le poids, la teinte — *l'eau* — et la taille. Donc, suivant l'habileté de l'ouvrier, ces trois qualités peuvent être augmentées ou atténuées.

Voici donc en quoi consiste l'opération : un joaillier apporte au sertisseur une paire de boutons d'oreilles. Les deux brillants sont de même eau, de même poids et la taille en est pareille.

Le sertisseur cherche dans ses pierres à lui, si l'une d'elle se rapproche de celles qui lui ont été données. Plus sa collection est importante, plus il a de chances de trouver les éléments qui lui permettent de substituer une pierre à l'autre. L'*engraissage* ne peut être pratiqué que par un ouvrier habile connaissant, en véritable expert, les pierres précieuses.

Supposons qu'il ait trouvé dans son stock un diamant d'un poids légèrement inférieur à celui qui lui a été donné : alors son habileté consiste à substituer l'un à l'autre en *désavantageant* par la monture le diamant qu'on lui a confié et en *avantageant* le sien.

ai visité, chez un sertisseur du Marais, un de ces *parcs d'engraissage*. Il y avait là des élèves de vingt ans dont le poids avait doublé !

— Ma *ménagerie* vaut de vingt à trente mille francs, me dit le sertisseur. Elle ne m'en a pas coûté deux mille, en plus qu'elle m'a mis dans l'obligation d'être un très bon ouvrier, car ne fait pas de l'engraissage qui veut !.....

L'Éleveur d'escargots

Je ne dévoilerai pas les secrets qui m'ont été confiés par cet éleveur d'escargots; je ne voudrais pas lui créer de concurrences.

C'est parce que j'ai toujours aimé les escargots, me dit-il, que je dois ma vie à ces paisibles chemineaux des vieux murs. — Mais, voyez-vous, un escargot ramassé au bord d'un chemin ou le long d'une futaie ça ne veut rien dire du tout. Pour les délicats et les amateurs ce n'est pas plus comestible qu'un morceau de caoutchouc ou un déchet de triperie — la façon de les arranger fait seule qu'on en mange; mais on mange du beurre, de l'ail et du persil mélangés, voilà tout : la bête ne participe nullement au goût d'un plat qui est bien piètre. A ce point, ajoute-t-il, que, dans la coquille les marchands mettent n'importe quoi : du mou de cheval ou des boyaux de lapin qu'on fait roussir et personne ne s'en aperçoit :

Moi, je nourris mes escargots, et, de la façon dont je les alimente, je leur fais une autre chair. Vous n'ignorez pas que les bécasses qu'une période de neige a réduit à ne manger que des baies de genévriers ont un goût très prisé des amateurs, que les gigots de présalé ont le goût parfumé que vous connaissez parce qu'en Normandie ou en Bretagne les troupeaux sont menés sur les côtes, à marée basse, et que les moutons mangent, là, toutes sortes d'herbes marines qui embaument leur chair. Il en serait ainsi de tous les animaux si on voulait les améliorer.

Je fais donc une chair nouvelle à mes escargots — chair tendre, grasse, succulente qui fond dans la bouche comme du pâté de foie gras, en y laissant un goût de noisette et de serpolet !

Mon homme était éloquent. Venez me voir un matin, me dit-il, je vous montrerai mon bazar.....

Je n'y manquai pas.

Mais je ne peux rien dire de ce que j'ai vu ! C'estun secret de laboratoire, et je suis convaincu que en France, pas un éleveur de bêtes à cornes, à poilou à plumesne possède la science et l'ingéniosité de mon éleveur d'escargots..

Trèfle à quatre feuilles

Le père Baptiste avait quatre-vingts ans sonnés. Du matin au soir il déambulait aux quatre coins de Paris pour porter les paquets et encaisser les factures d'un marchand de lainages. Il avait une tête de grognard et il ne lui manquait qu'un bonnet de police pour qu'on le crut dessiné par Charlet.

Depuis quarante ans il habitait la même chambre, au sixième d'une antique maison de la rue des Vieilles-Haudriettes. Sa petite fenêtre mansardée était toujours garnie de géraniums et de plantes grimpantes au milieu desquelles était une cage ronde où se trouvait un merle. On eut dit la chambre d'une grisette.

Il était d'une propreté qui eût émerveillé une bourgeoise des Flandres et il fumait des pipes *Narcisses* qu'il culottait à merveille et qu'il échangeait contre un paquet de tabac chez des marchands du quartier.

L'été, on le voyait, le soir, accoudé à sa fenêtre, fumant sa pipe. L'hiver, son ombre se détachait sur les vitres et le petit tuyau de son poële, au faîte de sa mansarde, découpait sur le ciel une petite fumée noire ou blanche qui montait dans l'air.

L'habitude constante de ses trente ou quarante kilomètres par jour empêchait qu'il restât chez lui le dimanche. — Le bâton à la main il partait de bon matin et explorait la banlieue et les bois. — C'était se mouvoir dans un milieu différent qui le ravissait. Puis, dans les prairies qu'il connaissait bien, son œil qui était aussi aigu qu'il avait toujours été, fouillait l'herbe pour y découvrir des trèfles à quatre feuilles qu'il vendait à un bijoutier du Marais qui en faisait des porte-bonheur en les mettant entre les deux verres d'un petit médaillon.

Il n'avait pas de famille. Sa vie était tous les jours la même. Le *Mémorial de Sainte-Hélène* et l'*Histoire de l'Empire*, de Thiers, étaient son bréviaire. Il achetait tous les jours un journal d'un sou qui représentait son opinion et, une fois par an, on le voyait en redingote et en chapeau haut de forme. Il allait salle Wagram à un banquet bonapartiste et, quand il en revenait, il passait devant la colonne Vendôme pour crier : « Vive l'Empereur ! ».

LE CHIFFONNIER
par Valentin

Le Tourneur de Pipes

Une cour de maison en haut du faubourg Saint-Jacques, basse, avec des mansardes, et des fenêtres à tabatière, semées sur de vieilles toitures aux tuiles disparates, rapiécées comme une culotte de chemineau.

C'est un jeudi. Une nichée d'enfants braille dans cette cour, autour d'un arbre anémique, qui est au milieu, et dont le tronc subit tous les horions et toutes les meurtrissures que lui impose la bande de gosses qui tourne autour, jouant avec des pelles, des morceaux de vieilles gouttières et tout ce qu'ils peuvent trouver sur un tas de gravois.

On entend un ronflement comme celui d'un chien de chasse dormant les pattes sur les chenêts, dans une vieille cheminée d'auberge. — Un petit panache rougeâtre, qui a l'air d'une fumée de poussier de mottes, s'échappe d'une fenêtre.

Le ronflement et le petit nuage rougeâtre viennent de la mansarde d'un vieux bonhomme qui tourne des pipes de bruyère.

Il est pensionnaire à La Rochefoucauld ; il y couche et il y mange; et, en dehors de ces heures obligatoires, il s'enferme dans ce petit atelier où, du matin au soir, il fait ronfler son tour jusqu'à l'heure du dîner.

Alors, on le retrouve, avenue d'Orléans avec deux vieux comme lui, à la table d'un maigre bistro, devant une demi-bouteille que chacun paie à son tour, et, avant de rentrer à l'hospice, ces vieux se donnent le régal de se croire encore jeunes en regardant passer des blanchisseuses à la taille ronde et des petits trottins qui sautillent sur le pavé comme des roitelets sur les clairs cailloux d'un ruisseau.

Fabricants de scénarios

Les cinématographes sont des choses épouvantables. Elles ont supprimé le contact direct, magnétique où l'art et l'émotion trouvent leur part entre le spectateur et l'interprète.

C'est un intermédiaire qui tuera notre esprit français, il n'en faut pas douter. Cette vaste entreprise d'abrutissement a créé des professions curieuses parmi lesquelles, au premier plan, nous trouvons celle des gens qui fournissent les scénarios. Quelles sont les origines de cette profession? Nous ne pouvons guère les chercher parmi les auteurs refusés à la Comédie française ou joués, par accident, dans un théâtre qui annonce, le lendemain de la première, qu'on a refusé du monde au bureau de location, pour cette bonne raison que ces scénarios sont payés de cinq à vingt francs, ce qui ne constitue pas des droits d'auteur bien reluisants.

La consommation de ces scénarios est considérable. Chaque cinématographe renouvelle son affiche toutes les semaines et le programme se compose généralement d'une dizaine de *numéros*. On voit quelle production est nécessaire pour alimenter le nombre fantastique de cinématographes qui empoisonnent le monde entier.

C'est donc une nouvelle profession qui s'est créée. Les sujets n'ont aucun terrain d'action déterminé. Ils passent d'une scène d'hôtel meublé à des chasses dans l'Afrique centrale, du naufrage d'un bâteau à une poursuite d'amoureux par un garde-champêtre... L'imagination des librettistes peut s'étendre à l'infini.

Ces scénarios sont achetées par les managers de ces entreprises et livrées ensuite à des metteurs en scène chargés de les préparer pour l'œil sévère des objectifs.

Il grouille autour de cette industrie tout un monde curieux de figurants de féérie, de comparses de théâtres de banlieue qu'on habille en marocains ou en cuisiniers, et qui manœuvrent, suivant les besoins du sujet, soit dans la forêt de Sénart, soit sur les planches d'un théâtre construit à cet effet.

Des professions diverses, engendrées par cette industrie, nous ne retenons que celle-ci parce qu'elle prépare l'imagination à des exercices qui peuvent mener leur auteur à Charenton... ou à l'Institut.

L'Imprimeur Ambulant

De neuf heures à onze heures, il dévore l'espace, sa petite boîte à « *imprimer soi-même* » à la main, entrant chez les petits traiteurs et chez les bistros, s'asseyant vite à un coin de table, recevant du patron un papier qui est le Menu du déjeuner et se mettant aussitôt à la besogne, qui doit durer un quart d'heure, pour qu'il puisse continuer sa tournée en arrivant avant onze heures chez le client le moins pressé.

Alors d'une cursive supérieure, il aligne le nom des plats dans un art de composition qui lui a assuré une clientèle fidèle et un gain rémunérateur. D'une bâtarde de sergent-major, il met en valeur le plat du jour. Il a la science des alinéas et des titres portant l'attention du client sur le plat indiqué par le patron. Il orne les blancs d'une légère arabesque, sème entre les lignes de petits motifs qui viennent à propos. Il a le génie de la composition et ses capitales en paraphe donnent envie de manger certains plats ; les desserts sont indiqués d'une main légère quand le bœuf aux choux et la saucisse aux pommes sont installés solidement en caractère gras comme les plats qu'ils annoncent pour la joie des estomacs des gens du bâtiment.

« A onze heures, me dit-il, j'ai gagné mes cent sous. Chaque restaurant a sa carte du même format, imprimée à son nom. Je n'ai qu'à remplir avec le menu qu'on me donne. Comme je connais mes cartes d'avance, le désir du client, les besoins de sa clientèle, ça va tout seul. Il me faut, vous l'avez vu, un quart d'heure ou vingt minutes, au plus, pour faire ma composition et tirer mes épreuves.

Le soir, ça va tout seul, j'ai le temps, le menu du dîner étant prêt, aussitôt que le patron sait ce qui a été laissé sur les assiettes...

Alors, là, j'ai quatre heures devant moi ; avec deux le matin, ça me fait six heures de *turbin* par jour..... Et, vous savez, ajouta-t-il,..... pas de chambre syndicale ! »

La petite Marchande de fleurs.

Douze ans... treize ans... quinze ans au plus. Le soir, en jupe courte, elle trotte sur les boulevards, son panier rempli de bouquets de violettes et d'œillets de boutonnières au bras, nu-tête, en caraco léger, sous lequel, déjà, des seins naissants se dessinent, la bouche vicieuse, les yeux provoquants, les cheveux en broussaille, souvent sale comme un peigne, elle va et vient, déambule d'un trottoir à l'autre, courre après le vieux monsieur à qui elle offre sa marchandise, tournaille autour des guéridons de cafés, où des gens de boulevard sont assis, cause, à la porte des restaurants, aux chasseurs en veste à bouton doré; entre chez les marchands de vins des rues voisines, pénètre dans les arrière-boutiques où des gens de courses ou des rabatteurs de cercle jouent au pocker, reçoit dans cette variété de clientèle quelques sous en échange d'un bouquet de violettes et d'un propos salé, se laisse convoiter par des yeux, mais devient exigeante devant l'éloqueuce de gestes qu'elle n'accepte qu'en haussant le prix des bouquets suivant la tête des clients.

Le *chasseur* quelquefois la hèle : ce sont les fêtards d'un cabinet particulier qui veulent des *boutonnières*, et le prix des fleurs monte encore, et devient, alors, vraiment rémunérateur.

Le temps passe, le panier se vide. Chez un maigre marchand de vins d'une rue adjacente, après avoir descendu deux marches pour pénétrer dans la boutique, elle trouve sa mère installée à une table près du comptoir, qui l'attend en jouant aux cartes avec le *bistro*.

Elle donne sa recette, boit un verre de vin et mange un œuf rouge pendant que la mère met son fichu.

Alors, toutes deux partent, échangeant de menus propos sur les incidents de la soirée. Grimpant l'une derrière l'autre, vers la sinistre impasse de Batignolles ou de Ménilmontant où elles gîtent.

LE MARCHAND DE COCO
par Gavarni

La Vieille du Dépôt

C'est à la Permanence que je l'ai connue; on la coffre deux ou trois fois par semaine, car elle est *fille* et en carte ; elle-même s'arrange pour être en contravention et se faire arrêter, puisque c'est au Dépôt qu'elle exerce sa profession illicite tout en ne négligeant pas les maigres bénéfices qu'elle peut tirer de celle qui lui est reconnue réglementairement.

Ce qu'elle fait est très simple : Chaque jour apporte — chaque nuit plutôt — de 200 à 250 filles arrêtées sur la voie publique pour les délits suivants : raccolage après minuit, ivresse publique, tapage dans la rue. Elle se met dans un de ces trois cas, et la voilà mêlée aux autres jusqu'au lendemain, car on ne lui applique jamais aucune peine.

Alors, son métier consiste à vendre aux autres des épingles, du fil ou des aiguilles, un bout de savon, toutes choses qu'elle a dans un petit sac ou dans sa poche.

En outre, comme on la relâche le lendemain, à midi, elle a aussi des timbres-poste, du papier et des enveloppes, des cartes postales et on lui donne quelques sous pour mettre cette correspondance à la poste, en plus qu'on lui confie encore, en la rétribuant, quelques courses urgentes.

Elle est effroyablement cynique. Que doivent représenter la morale, les convenances sociales, les obligations de la vie dans le cerveau qui actionne cette carcasse vermoulue inconsciente assurément. Y a-t-il là-dedans une fissure par laquelle s'échappe quelque chose d'humain, un rien qui vienne d'un lambeau d'âme? Quelle vie à fouiller! Quel sujet à jeter tout vibrant sur la table de dissection d'un psychologue.

La Vielle

La fontaine Ste-Marie, au bois de Meudon, était l'endroit où, presque chaque dimanche d'été, on pouvait voir le pauvre vieux.

Au bord du chemin qui conduit à l'étang de Trivaux, il était là, debout, maniant le clavier de sa vielle aux sons aigus, de ses pauvres doigts tremblants, tandis que, d'une petite voix chevrotante et cassée, il jetait comme un chant d'oiseau blessé, de vieux refrains de chansons d'autrefois, qui se perdaient dans la ramure des arbres et se mêlaient aux chants des oiseaux.

Oh ! la poésie pénétrante des chants du pauvre vieux sous la ramure des grands arbres, près des fillettes aux jupons courts jouant à la raquette, près des commis de magasins, en bras de chemise dont le poing fermé attendait le ballon de cuir, rejeté en l'air, dans le bruit sourd d'un coup de canon lointain !...

Pauvre vieux ! qui me donnait toujours une émotion si vive et si tenace ! Je l'ai, là, devant moi ; j'entends sa pauvre vieille voix qui faisait des couacs, et le grincement de la roue de la vielle sur ses cordes fatiguées me berce comme un chant de nourrice.

Un barbier

Ces grands murs de la plus dure des prisons sont sinistres. Il s'agit de cet asile Saint-Anne, qu'on trouve boulevard Saint-Jacques, au bout de la rue Ferrus. Là, s'ouvre une grande porte cintrée qui est une des portes de l'Enfer. Des cerveaux broyés par la lutte, désagrégés par l'atavisme ou par l'alcool, rongés par toutes les tares morales et physiques de la loque humaine, entrent sous cette porte pour plonger dans les affres de la plus terrible des morts.

Quand on entre là, il vaut mieux n'en sortir que les « pieds devant ». Autrement, c'est s'évader d'une tombe pour en garder toutes les horreurs. C'est un sépulcre d'où on ne peut sortir que pour continuer une vie qui n'est plus qu'une marche vers l'abîme, implacable et sans espoir.

Bien heureux sont les lamentables purotains, les déchets de la vie souvent inconscients et plus souvent coupables qui s'amassent tous les jours, le matin, à la porte de la rue Broussais, dans l'attente de l'écuelle de soupe, rejetée entre deux hoquets, par les bouches baveuses des épileptiques et des fous.

Ces gens mangent ce brouet avec appétit. Ce sont des gueux de Callot sans la poésie que leur donnait l'air des routes ; imprégnés de la tare de toutes les misères humaines, seuls, ils n'ont pas l'air de s'apercevoir de l'état lamentable où le sort les a jetés.

Que de fois, le matin, j'ai égaré ma pensée devant ces misères. Longeant le haut mur de forteresse qui est de l'autre côté de la rue, un mur qui enserre, au printemps, jusqu'aux talus de la ligne de Sceaux toute une frondaison de jeunes pousses et toute la gaieté d'arbres en fleurs, qui sont là, surplombant ce rempart sinistre ; et cette porte ou s'assemblent les gueux a l'air de leur apporter un repentir de la nature devant les misères qu'elle crée.

Parmi les misérables qui ont des barbes du temps de la Ligue, il en est qu'attirent encore les sensations qui viennent du menton frais, des joues raclées et de l'épiderme débarrassé des taroupes malencontreuses.

Un des leurs, pour un sou, pourvoie à ce désir. Assis sur le trottoir ou dressé le long du mur, l'homme blairotte et ratisse. Une borne-fontaine est là, propice aux ablutions; le bonhomme s'essuie avec son mouchoir ou avec sa manche il est « recalé ».

Jetant les yeux au-dessus le grand mur, dans la joaillerie des arbres en fleurs, il regarde le grand ciel bleu qui lui sourit, à lui, miséreux, autant qu'il sourit aux maîtresses de financiers; et il s'en va, radieux, cheminant vers un abri, où, à dix heures, une tasse de café bien chaud est offerte, par une société philanthropique, à tous les pauvres bougres comme lui.

Le Sculpteur des Charcutiers

Le sculpteur avait lâché la *Bondieuserie* — terme consacré du métier — de Saint-Sulpice et s'était fait une spécialité de monuments en saindoux destinés à la parure des étalages de charcutiers.

Il avait son petit atelier, là-haut, vers l'avenue de Choisy. C'est, là, que j'allai le voir, entouré de ses mottes de saindoux, qui remplaçaient les pains de terre glaise. Un petit jardinet précédait sa bicoque ; c'était un rez-de-chaussée enserré dans une sorte de contrefort ; car, me disait-il, mon sacré saindoux ne me permet pas la température des ateliers où, quand le modèle est frileux, on se rôtit la barbe.

Son talent était très souple. Il fabriquait des chasses au sanglier, des compositions décoratives ou de petits amours empruntés à Boucher qui voltigeaient autour d'un porc ; des allégories dans lesquelles il lâchait tout ce qu'à l'Ecole on avait pu lui apprendre de poncifs, et il s'était retrouvé créateur dans une « Tentation de Saint-Antoine » qui, quoique n'ayant été inaugurée par aucun ministre, avait eu un succès fou, chez un charcutier de l'Avenue des Gobelins, lequel avait débité, pendant cette exposition pour la Noël, un nombre incalculable de jambonneaux et d'aunes de boudin qu'il devait à la splendeur du monument.

Je vis très heureux comme ça, me dit-il. Ce que je fais n'a pas de prétention et ne vaut guère moins, que bien des choses que je vois au Salon, et auxquelles on accroche des médailles.

Les charcutiers sont des gens bon enfant, pas poseurs et qui me donnent de la considération. Ils sont gais et il faut toujours aller prendre un verre avec eux. Leurs femmes sont aimables ; les petites bonnes, avec leurs robes noires et leurs tabliers blancs à bretelle, sont accortes et ont le teint frais ; et, quand j'entre dans la boutique, je vous assure que je jouis vraiment de ma situation d'artiste et mes relations sont beaucoup plus agréables que si je fréquentais des critiques d'art ou des inspecteurs des Beaux-Arts !

Et, savez-vous comment ça m'est venu de faire ça ? me dit-il. Tout simplement en regardant les monuments et les statues

Mde de Fleurs

qu'on élève à Paris un peu partout. Mais tout ça est en saindoux ! me suis-je dit et la vérité m'apparut... Si j'appropriais cette nouvelle matière plastique à la charcuterie, je gagnerais certainement de l'argent et j'en gagne, ajouta-t-il d'un air satisfait... presque autant qu'un marchand de cochons.

Le petit Victor

Mon ami le "petit Victor" avait une profession innommable et c'était un homme à tout faire. On ne désignerait pas autrement un gredin, et le " petit Victor " était le plus honnête des garçons. Mais il est fession composée d'éléments si variés.
impossible de trouver un nom à une pro-

Il était tout petit le "petit Victor" et de très bonne famille ; famille avec laquelle, d'ailleurs, il a toujours été en relations. Il était de bonne compagnie, bavard à l'excès et n'avait guère que la prétention de chanter du Nadaud comme personne.

Je l'ai vu poser des mains ou des redingotes d'homme politique chez des sculpteurs, vendre de l'eau de mélisse, chercher des abonnements pour des Revues illusoires, faire partie de Comités électoraux, avoir des cachets — pour chanter du Nadaud, bien entendu — dans des soirées organisées dans l'entresol de cafés de faubourg; trotter, le carton de modiste à la main, livrer des chapeaux commandés pour des noces de blanchisseuse. Que sais-je encore ? Mon Dieu ! Je n'ai pas connu de maître Jacques pareil au "petit Victor".

Il est maigre comme un manche de parapluie, sa peau est brune, sa barbe noire et sa tête, chahutée par des anfractuosités et des cavernes, donne l'idée d'un morceau de machefer où flamberaient encore deux charbons non éteints, qui sont ses yeux qu'il avait éclatants.

Je l'ai connu pendant vingt ans, ayant toujours des chapeaux trop grands, des manches de paletot trop longues et, chose bizarre, des pantalons trop courts. Je lui ai toujours vu le même âge et je ne serais pas étonné qu'il eût quatre-vingts ans.

Il est traité d'une façon amicale dans les maisons où il vend son eau de mélisse, sa pommade contre les engelures ou ses savons à détacher. Il vit dans un milieu greffé sur ses relations de famille. Il n'est pas rebelle aux invitations à dîner ; et, sur le buffet des petites soirées bourgeoises, il pompe ferme le punch ou les verres de sirop en ne se privant pas de petits fours. On peut lui demander de donner un coup de main à la bonne et il s'offre volontiers à aller chez le pâtissier réclamer les bouchées à la reine qui se font attendre.....

TABLE DES MATIÈRES

TABLE DES GRAVURES

Eaux fortes :

Reproduction :

IMPRIMERIE DE PARIS
22, RUE DES VOLONTAIRES PROLONGÉE
PARIS-XVe

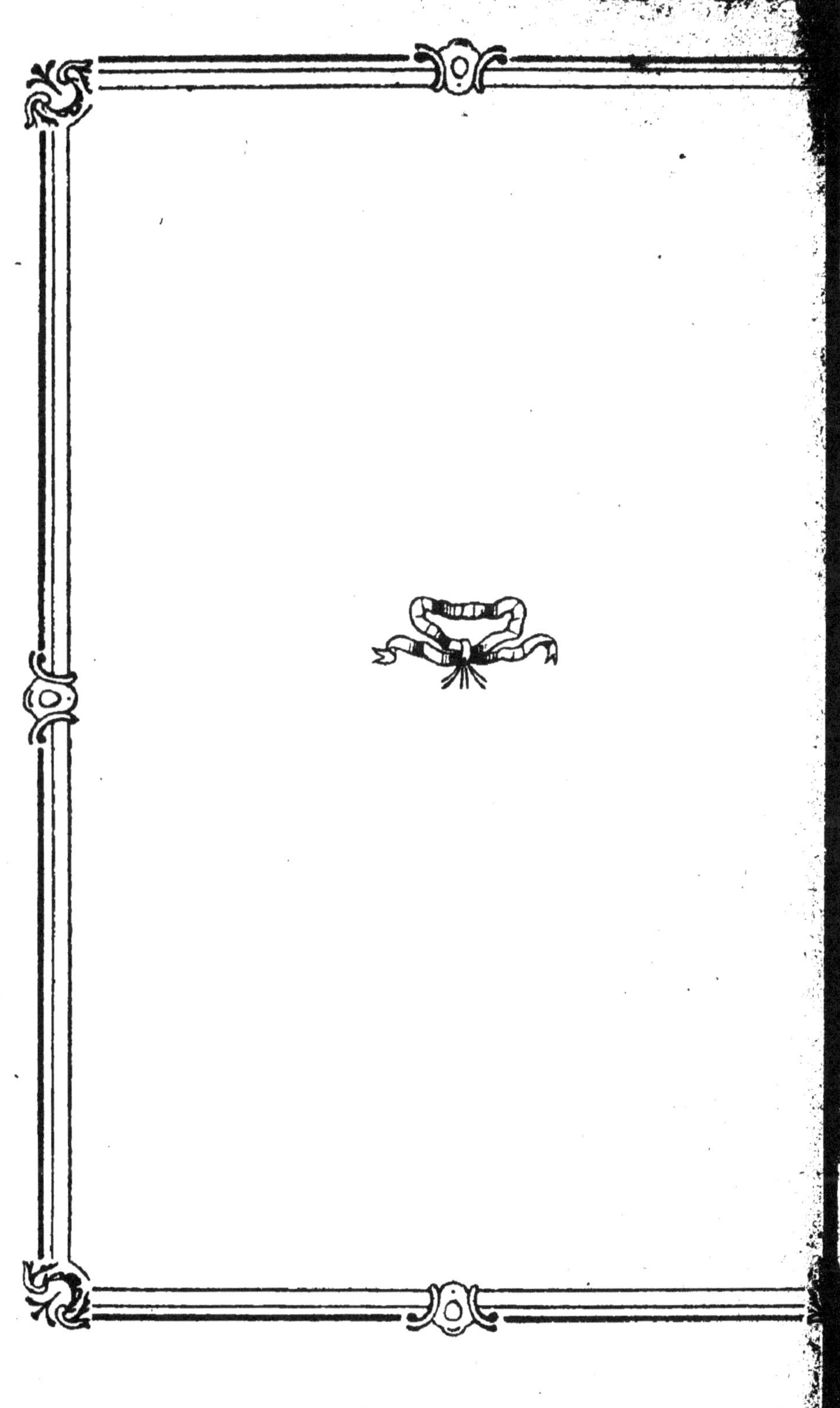

www.ingramcontent.com/pod-product-compliance
Lightning Source LLC
LaVergne TN
LVHW020317230826
846091LV00003B/704